KB167514

사뮈엘 베케트
Samuel Beckett, 1906–89

사뮈엘 베케트는 1906년 4월 13일 아일랜드 더블린 남쪽 폭스록에서 유복한 신교도 가정의 차남으로 태어났다. 더블린의 트리니티 대학교에서 프랑스 문학과 이탈리아 문학을 공부하고 단테와 데카르트에 심취했던 베케트는 졸업 후 1920년대 후반 파리 고등 사범학교 영어 강사로 일하게 된다. 당시 파리에 머물고 있었던 제임스 조이스에게 큰 영향을 받은 그는 조이스의『피네건의 경야』에 대한 비평문을 공식적인 첫 글로 발표하고, 1930년 첫 시집『호로스코프』를, 1931년 비평집『프루스트』를 펴낸다. 이어 트리니티 대학교에서 프랑스어를 가르치게 되지만 곧 그만두고, 1930년대 초 첫 장편소설『그저 그런 여인들에 대한 꿈』(사후 출간)을 쓰고, 1934년 첫 단편집『발길질보다 따끔함』을, 1935년 시집『에코의 뼈들 그리고 다른 침전물들』을, 1938년 장편소설『머피』를 출간하며 작가로서 발판을 다진다. 1937년 파리에 정착한 그는 제2차 세계대전 중 레지스탕스로 활약하며 프랑스에서 전쟁을 치르고, 1946년 봄 프랑스어로 글을 쓰기 시작한 후 1989년 숨을 거둘 때까지 수십 편의 시, 소설, 희곡, 비평을 프랑스어와 영어로 번갈아 가며 쓰는 동시에 자신의 작품 대부분을 스스로 번역한다. 전쟁 중 집필한 장편소설『와트』에 뒤이어 쓴 초기 소설 3부작『몰로이』,『말론 죽다』,『이름 붙일 수 없는 자』가 1951년부터 1953년까지 프랑스 미뉘 출판사에서 출간되고, 1952년 역시 미뉘에서 출간된 희곡『고도를 기다리며』가 파리, 베를린, 런던, 뉴욕 등에서 수차례 공연되고 여러 언어로 출판되며 명성을 얻게 된 베케트는 1961년 보르헤스와 공동으로 국제 출판인상을 받고, 1969년 노벨 문학상을 수상한다. 희곡뿐 아니라 라디오극과 텔레비전극, 영화 각본을 집필하고 직접 연출하기도 했던 그는 당대의 연출가, 배우, 미술가, 음악가 들과 지속적으로 교류하며 평생 실험적인 작품 활동에 전념했다. 1989년 12월 22일 파리에서 숨을 거뒀고, 몽파르나스 묘지에 묻혔다.

COLLECTION OF SHORT PROSE
by Samuel Beckett

사뮈엘 베케트   윤원화 옮김

포기한 작업으로부터

wo
rk
———
ro
om

일러두기

1. 이 책은 사뮈엘 베케트(Samuel Beckett)의 『아무것도 아닌 글들 그리고 짧은 글들 1950-76(Texts for Nothing and Other Shorter Prose, 1950-1976)』(런던, 페이버 앤드 페이버[Faber and Faber], 2010)과 『동반자 / 잘 못 보이고 잘 못 말해진 / 최악을 향하여 / 떨림(Company / Ill Seen Ill Said / Worstward Ho / Stirrings Still)』(페이버, 2009)에 수록된 글들을 번역 저본으로 삼고 『단편 산문 전집 1929-89(The Complete Short Prose, 1929-1989)』(뉴욕, 그로브 출판사[Grove Press], 1995)를 참고해, 다음의 글들을 한국어로 옮긴 것이다.

「승천(Assumption)」(1929)
「앉아 있는 것과 조용히 하는 것(Sedendo et Quiescendo)」(1932)
「텍스트(Text)」(1932)
「천 번에 한 번(A Case in a Thousand)」(1934)
「포기한 작업으로부터(From an Abandoned Work)」(1954-5)
「모든 이상한 것이 사라지고(All Strange Away)」(1963-4)
「이야기된바(As the Story Was Told)」(1973)
「어느 쪽도 아닌(neither)」(1976)
「천장(Ceiling)」(1981)
「길(The Way)」(1981)

2. 주(註)는 옮긴이가 작성했다.
3. 원문에서 이탤릭체로 강조된 부분은 방점을 찍어 구분했다.
4. 원문에서 대문자로 강조된 경우 단어의 첫 글자만 대문자로 표기되었을 때는 해당 번역어의 첫 글자를 굵게 표기했고, 단어 전체가 대문자로 표기되었을 때는 번역어 전체를 굵게 표기했다. 문장 속에 문장이 삽입되어 대문자가 등장하게 된 경우 첫 글자를 굵게 표기했다.
5. 저자가 단어를 의도적으로 붙여 썼다고 판단될 경우 번역문에서도 붙여 썼다.

차례

승천

그는 소리칠 수도 그러지 않을 수도 있었다. 다락방의 광대는
계속 지팡이에 기대어 흔들거렸고 오르간 주자는 주머니에 손을
집어넣고 꿈꾸듯이 앉아 있었다. 그는 말을 거의 안 하다가, 거의
쉰 목소리로 입을 열었는데, 그것은 논쟁을 회피하는 사람의
소심한 저음, 폰이 킹 앞의 네 번째 칸에 놓이면[1] 자신 있게 응할
수 있는 사람, 그러나 폰이 루크 앞의 세 번째 칸에 놓이면 어쩔
줄 몰라 주저하며 능력이 마비되는 사람, 책도 안 읽는 지식인
계급의 저속하고, 교양 없고, 끔찍하게 명쾌하고 개인적인
생각들과 충돌하지 않으려 하는 불행한 청자의 목소리였다.
그는 실제로 그런 사람은 아니었지만, 그의 목소리는 그런
사람의 것이었다. 그리고 때때로, 멋들어지게 진부한 부류의
아주 그럴싸한 방해를 견디기 위해 시끄러운 폭력이 필요했을
그런 논쟁에 우연히 이끌렸을 때, 그는 탁월한 속삭임 능력을
발휘해 혼란을 잠재웠다. 이렇게 낮은 속삭임은, 모든 폭발적인
솜씨가 그러하듯이, 그 갑작스러운 광채로 인해 과분한 관심을
명령하면서, 비미 라이트[2]의 포물선 꼭대기처럼 빛났다. 스스로
몇 테이블 떨어진 침묵 속으로 빠져든 행위자에 의한 침묵의
실제적 도입은 미묘한 준비 과정의 기나긴 연쇄에 뒤따르는
손쉬운 절정일 뿐이었으니, 조바심으로 거의 알아챌 수 없이
움찔거리고, 예술적으로 미소를 억누르고, 무심한 거리 두기를
날렵하게 가장하는, 이 모든 것이 미세하게 생산되어 논란의
열기 속으로 던져지면, 가장 맹렬하게 몰두하던 전투원조차
단번에 참을 수 없이 짜증 나게 만들 수 있었다. 그다음에,
그의 작업이 수행되고 분노한 소강상태가 임박했을 때, 그가
속삭였다. 모든 예술가들이 그러하듯이, 이를 박박 가는 청중을
향해 이런 효과를 발휘하는 것은 그의 작업 중에서도 가장
어렵지 않은 부분이라, 그가 지난 반 시간 동안 열심히 작업하는
동안 아무도 그를 보지 않았으며, 직관적인 제스처의 긴 연쇄가
그의 광범위한 통제의 궤도 내에서 모두에게 무의식적으로
흡수되어, 정상적이고 자연스러운 것으로 받아들여졌다.
상투적인 것의 팽창을 회피하는 것만으로는 충분하지 않으니,
최고의 예술은 설명 불가능한 충격적 사건을 완벽하게 만들기

위해 의미 작용을 축소한다. 최상의 형태로 표명된 **아름다움**
앞에 서면 우리는 손쉽게 감각의 계단을 올라, 최고층에 가볍게
앉아 우리의 희열을 소화하니, 그런 것이 **어여쁨**의 쾌락이다.
우리는 신체적으로 들어 올려지고 험준한 절벽에서 숨도 쉴
수 없게 내던져지니, 그것이 **아름다움**의 고통이다. 창조적인
예술가라면 어느 정도 마술사여야 하는 것처럼, 우리의 속삭이는
재주꾼은 어느 정도 예술가였다. 브라우닝 협회[3] 회원이라면
그가 사람들의 영혼을 악기처럼 연주했다고 말할 것이라, 그는
자신의 개성을 한 집단에 부과했다는 점에서 일체주의자였다.[4]
그러나 아무리 미미하더라도 예수의 제자와 같은 열정이 깃들어
있었다고 암시하지 않도록 주의해야 하는바 그것은 최악의 경우
자기 목소리가 들리기를 바랐던 한 인간의 순수하게 실용적인
잔재주였고, 최선의 경우 오락적인 응용심리학 실험이었다.

그 방의 침묵 속에서 그가 두려워하고, 또 두려워했던 것은
거친 반발심이 치솟아 소리로 발현되려는 폭력적인 열망이었다.
그는 무자비하게 억눌러진 그 울분, 한 번의 장엄하고 도취적인
울부짖음으로 풀려나 우주적 혼돈과 융합하려는 그 갈망을
느꼈다. 신성함을 향한 그 투쟁은 그 자신의 감정과 마찬가지로
진짜였고, 또 그만큼 부질없었다. 그는 **권능**이, 그에게 한없이
비천한 똥개의 의식적 완성을 불허하고, 시궁창의 그 옆자리에서
그의 미세한 불완전성을 망각하도록 명하면서, 그의 반항적 힘에
움찔하기라도 했을지 궁금했다. 한편 육체에 붙박인 침묵의
바다는 몇 방울의 소리로 끔찍한 커뮤니케이션을 달성했으니,
마치 지독하게 고요한 가을날 나뭇잎이 한 장씩 떨어지면서
나무의 생기를 조금씩 고통스럽게 빨아내는 것 같았다. 그 과정은
부조리하고, 터무니없이 부조리해서, 마치 모닥불 위에서 달걀을
삶는 것 같았다. 하지만 그의 경우는 고의적으로 터무니없는
게 아니어서, 그는 두려워하는 만큼이나 공감했으니, 그는 그의
수감자가 탈출할까 봐 무서워하면서도, 그것이 탈출하기를
갈망했고, 그것이 그의 목을 잡아뜯으면 무서움과 슬픔 속에서
그것을 다시 삼켰다. 두려움이 두려움을 낳아, 그는 예기치 못한
고통이나, 잠이나, 자동적 억제를 멈출 수 있는 것이라면 무엇이든

무서워하기 시작했다. 그는 깊이, 조용히 잠들 수 있는 약을
복용했고, 그는 거의 방을 떠나지 않았고, 거의 말하지 않았고,
그래서 솟아오르고 일렁이는 소리 없음으로의 희귀한 변화마저
부정했으니 그것은 이제 그의 전 존재를 그 노력의 폭력으로
찢어발기는 듯했다. 그는 패배하고 있다고, 그의 엄격한 제한
때문에 오히려 적의 손에 놀아나고 있다고 느꼈다. 속삭임의
흐름을 저주함으로써 그는 홍수의 수위를 올렸던 셈이라, 그것을
더 이상 불허할 수 없는 날이 오리라는 걸 그는 알고 있었다.
그럼에도 그는 침묵했고, 침묵 속에서 틀림없이 그를 파괴할
급류의 첫 번째 웅얼거림에 귀를 기울였다. 이 순간 여자가 그에게
왔다….

　　그녀가 올 때 그는 어스름 속에서 귀를 기울이며, 너무나
집중해서 귀를 기울이고 있어서 그녀가 들어오는 소리를 듣지
못했다. 문에서 그녀가 그에게 말했고, 그는 그녀의 명백하고
일정한 말의 규칙성에 움찔했다. 거칠게 말하자면, 그것은 흔한
이야기로, 그의 천재성에 대한 존경, 그의 고통에 대한 공감,
오로지 여자만이 이해할 수 있다고…. 그는 분노로 주먹을 꽉
쥐었으니 여자들의 엄청난 뻔뻔함, 시끄럽게 끼어드는 호기심
많은 열정은, 마치 산타 크로체에 있는 미켈란젤로의 무덤 앞에 선
미국인들의 심장에서 터져 나오는 자연 발생적인 찬탄의 표현과
같았다. 목소리는 계속 웅웅거리다, 약해지고, 멈췄다. 그는 피곤한
수락의 몸짓을 지어 보이고, 그 무시무시한 침묵의 부동자세로
다시 한 번 철수할 준비를 했다. 그녀는 불을 켜고 태평하게 방
안으로 진군했다. 악마들이 난입했더라도 그의 집중을 그토록
완전히 흩트려 놓지는 못했을 것이다. 그녀는 탁자를 두고 그의
앞에 앉아서, 손으로 턱을 받치고 몸을 앞으로 기울였다. 그는
표독스럽게 그녀를 바라보았고, 그런 자기 자신에도 불구하고
이상할 정도로 창백한 그녀의 입술에 충격을 받았으니, 아랫입술이
살짝 튀어나오고 거만하게 위로 말려서 윗입술을 압박한 결과,
살짝 턱이 나온 그 부위의 관능성은 낮고 넙적한 이마에서 폐쇄된
콧구멍까지 서글프게 뻗어 나온 극단적으로 차가운 순수함과
이상하게 어울렸다. 그는 조지 메러디스[5]를 생각하면서 평정심을

일부 되찾았다. 두 눈은 너무 깊어서 거의 동굴 같았고, 광대뼈에 떨어지는 빛이 거기에 아련한 그림자를 드리웠다. 그것들은 햇빛 아래서 이상하고, 거의 역겹게 보였으며, 녹색으로 얼룩진 눈동자 위로 자연스럽게 떠오른 하얀 테두리에서 냉혹한 통찰을 이끌어 냈다. 지금처럼 그녀가 조명등 아래서 몸을 앞으로 기울였을 때, 그것들은 모호함의 웅덩이가 되었다. 그녀는 빛바랜 녹색의 딱 맞는 펠트 모자를 썼고, 그는 그렇게 매력적으로 누더기 같은 건 처음 본다고 생각했다… 결국 그녀가 떠났을 때 그는 자신에게서 무언가 떨어져 나갔다고 느꼈는데, 그것은 그가 아낄 수 없었던, 그럼에도 아까워할 수는 더더욱 없었던, 살아가려는 욕망 같은 것, 그가 해소하기를 꺼렸던 지나친 집요함 같은 것이었다. 그래서 매일 저녁, 이 여자에 대해 관조하고 몰두하면서, 그는 자신의 본질적인 동물성을 일부 상실했고, 그래서 물이 차올라, 그를 위협했다. 그럼에도 그는 하루 종일, 희망 없이, 기계적으로 싸웠고, 어스름에야 휴식하면서, 그녀가 다가와 그가 세우고 떠받치는 어설픈 댐의 돌을 또 하나 빼내는 소리에 귀를 기울이며, 겁에 질리고 부패하기 쉬운 상태가 되었다. 그러다 이윽고, 처음으로, 그는 삼위일체의 사탄적 차원에 의해 속박을 벗고, 해방되어, 푸른 꽃, 베가, 하느님…을 성취했다. 시간을 초월한 삽입 어구 이후 그는 방에 혼자 남아서, 환희로 소진되고, 침묵하는 인류에게 그 자신이 선고했던 비통한 증오로 갈갈이 찢겼다. 그리하여 그는 밤마다 죽었고 하느님이 되었고, 밤마다 부활하고 찢겨 나갔고, 커져만 가는 슬픔으로 찢기고 구타당했으며, 그래서 그는 영원의 빛, 새도 없고 구름도 없고 색채도 없는 하늘이 있는 곳, 무한한 충만 속으로 돌이킬 수 없이 삼켜지기를 갈망했다.

그리하여 그것이 실현되었다. 그 여자는 직접 죽음을 덮어씌운 그 얼굴을 관조하면서, 거대한 폭풍 같은 굉음에 휩쓸렸으니, 그것은 길고 의기양양한 맹렬함으로 바로 그 집을 뒤흔들고, 어지럽고 부글거리는 규모로 치솟았다가, 이윽고, 흩어졌고, 숲의 숨결과 바다의 고동치는 울음 속으로 녹아들었다.

그들이 발견했을 때 그녀는 그의 거칠고 죽은 머리카락을 어루만지고 있었다.

1. 폰을 킹 앞으로 내보내는 것은
체스의 전형적인 초반 전개다.

2. 조난신호용 조명탄 '베리
라이트(Very Light)'와 제1차
세계대전의 격전지였던 '비미의
산등성이(Vimy Ridge)'가 뒤섞인
말이다.

3. 19세기 영국 시인 로버트
브라우닝(Robert Browning)의 작품에
관해 토론하는 모임으로, 19세기 후반
영어권 여러 지역에서 유행했다.

4. 일체주의(unanimism)는
19-20세기 프랑스 소설가 쥘
로맹(Jules Romains)의 문학
이론으로, 개인들의 자의식을 넘어
집단의 공통적 의식을 창출하는 것을
중요시한다.

5. 조지 메러디스(George Meredith)는
19세기 영국의 소설가로 내적 독백의
표현을 확장해 의식의 흐름 기법을
예고했다고 평가된다.

앉아 있는 것과 조용히 하는 것[1]

이제 너는 아래로 내려가 발걸음을 내딛는다. 두 시간의 갱년기.
너의 관을 끌어라 나의 주여. 한나절만 있으면 내가 곁에 있겠다.
히어!* 맑은 맥주가 프랑크포트의 근시안 짐꾼을 거쳐 물처럼
흐른다. 페르피냥에서 추방당한 꿈속의-단테는 플라타너스
숲에서 소리 지르고 공작 깃털로 태양을 얼리고 결국 적어도 발육
부진의 검은 백조를 피투성이부리로 그리고 **히끆!** 카탈로니아의
땅딸막한 우체부의 방광육포로. 오 누가 서리 내린 캅카스산맥을
생각하는 것으로 불을 움켜쥘 수 있겠는가. 여기 오 여기 오
예술이여 그대 권태로 창백하구나. 내가 바라건대 그래 대륙 횡단
삼등칸의 불면증에 시달린 끝에 부득이한 군용 문헌학자들이
잠들어 비강과 치아만은 무장한 곳에서. 웃음. 10페니히는 그렇게
조그마한 칸에서 내가 받아들여야만 하는 라 음을 주고 저물어
가는 애정사에 걸맞은 으뜸음을 방출한다. 적당한 힘으로 종이
울린다. 믿을 수가 없다. 마법 피리와 함께 코지 판 투테.² 심지어
크리스마스 연휴에. 한나절만 있으면 내가 거기 있겠다.

　　그리고 시간에 맞추어 이 작은 철도역의 개정에 뒤따라
그녀가 철도 승강장으로 고치엡스타인³처럼 진격하니,
10페니히나 지불한 플랫폼 입장권을 잃어버리지 않으려고
주의하면서, 엄마의 모피 코트 속에서 에텐동산을 고집하며,
느슨한 러시아제 싸구려 검정 가죽 부츠로 감싼 다리의 가벼운
최음제 효과는 거의 미미했지만, 강도의 절대 한계치까지 늘어난
검정 스타킹 속에서 신경질적으로 불룩거리는 그 다리는 어떤
아주 특별한 블리크풍크트**에서 아주 특별한 강한 빛을 배경으로
보면 발정기 중에는 감탄을 자아낼 정도는 아니지만 상당히
흥분되었다. 참으로 엄청난 사발 모양의 엉덩이 (종종 손쉽게)
허리뿌리를 뚫고 나가는 (그녀는 루페르쿠스⁴가 필요하지 않을
것이라) 루피노산 우엉 덩어리 같은 두 개의 커다란 멜론 같은
궁둥이는 어두운 색의 털가죽칼집에서 거의 라인강의 지류 같은
것을 받았다. 칼집 안에 칼집 그리고 잃어버린 칼. 그리고 또

---

* HIER! '여기!' 독일어.
** Blickpunkt. '시점.' 독일어.

빠뜨릴 수 없는 것이 그가 왼손잡이의 불가분의 개인에게서 거의 공짜로 구입한 정장인데, 자신의 피로를 정당화하려는 자애로운 욕망으로 그는 오른손을 험준한 고관절 아래로 끌어내려 (바지 안에서 거의 여자의 움푹한 곳에 해당하는) 끈끈하고 용맹스러운 깊이까지 들어간 끝에 50점을 땄다. 재빨리 담배를 물어 광대뼈를 올리고 기차표는 나의 리퍼 재킷 가슴의 거기 손 닿는 곳에 넣고 무거운 여행 가방에서 그를 솜씨 좋게 떼어내고 부드럽게 주물러 사랑의끈끈이로 변모시키고 연기를 한 모금 내뿜고 나니 메종 뒤 카페에 있을 때와 거의 비슷할 정도로 괜찮아졌다.

"드디어!"

"내 사랑!"

"택시!" 비 드 탁시.[*] 주 타도르 아 레갈.[**]

너의 관을 끌어라 나의 주여. 매너.[***] 동쪽으로 옴직여 성별 분리로. 오른쪽에 아우스강.[****] 도로 규칙. 여성은 오른쪽에. 독창적인 논젠스.[*****] 아스튀스.[******] 모두 다 똑같이 오른쪽에서 잠들다. 친절한 독자 여러분 부디 간과하지 마시라 그는 휴전의 노래를 음부의 솜털로 찬미했다는 것을 그리고

벨라콰

우리는 그를 이렇게 부를 것이니 그의 누이는 게으른 처녀가 아니며 (게으른 처녀!) 그가 네손잡이의 띵똥-띵똥을 연주하든 말든 그는 신경 쓰지 않거나 또는 그는 건반을 마주하고 도로 규칙을 지키지 않을 것이라 (알다시피 과대망상자는 그의 머리를 그의 허벅지에 두는 것이 일반 규칙인데) 우리가 당신에게 청하건대 당연히 자연히 내장이 따로 노는 듯 보이는 것에 맞장구쳐 주고, 그가 창백하고 열광적인 세대의 날품팔이 시대에 속한다는 것을 기억하며, 그가 하느님새들에게 너무 늦은 고속

---

[*] Vie de taxi. '택시 생활.' 프랑스어.
[**] Je t'adore à l'égal. '나는 그만큼 네가 소중해.' 프랑스어.
[***] Männer. '남자들.' 독일어.
[****] Ausgang. '출구.' 독일어.
[*****] Nonsens. '헛소리.' 독일어.
[******] Astuce. '재치.' 프랑스어.

승진을 제안받기 전에 그가 한숨을 내쉬기를 기도해 달라. 그리고
이 여성, 대단히 짧은 시간의 공적 공간에서도 비록 모피는 말할
가치가 있는 적절한 것을 전도하는 성질이 없음에도 불구하고
어떤 의외의 자극적인 감각을 젊은 방문자에게 전송하는
데 성공한, 그녀는 무어라 부를까. 당신이라면 어떤 이름을
제안하겠는가? 내가 생각하기에 내 마음이 기우는 것은

스메랄디나-리마

그리고 뭐든 편리한 줄임말을 쓰자. 그는 그녀를 바겐*으로
인도하고 짙은 색깔의 매력적인 블루포인트 허리띠를 두르고
운전수에게 자신만만하게 주소를 말했는데 그는 이제 막 담배에
불을 붙이려던 참이었고 지금은 당연히 엔진의 시동을 걸고 출발할
기분이 아니었지만 지체 없이 젊은 관광객의 유망하게 들리는
억양을 따랐고 그의 무겁고 단단한 가방을 그는 힘차게 들어
올려 그의 왼쪽 옆자리에 싣고 아직 손상되지 않은 **난**자들을 그의
물렁물렁한 나선과 비대화된 유두 모양 돌기 사이에서 채취했으며
그 과정은 의심의 여지 없이 그의 가장 가까운 동료들과 틀림없이
열정적인 헤세 풍의 경구를 늘어놓는 대화 속에서 향유될 것인데,
그의 기계를 맹렬히 발진하면서, 그는 손님의 굴절된 행실에
대한 일종의 가망 없는 관심에 시달렸다. 자갈로 포장되고 그때
당시 쓰라린 크리스마스트리로 장식된 도로를 따라 내려가서,
전철과 인도 사이의 많고도 많은 그늘진 정체 속에서 진동하며,
최고의 바겐은 첨탑을 향해 달렸으니 그것은 완전무결한 제국적
배치 속에서 이제는 희미해진 헤라클레스의 높이를 일소하고
빈약한 폭포 침울하고 황폐하게 물이 뚝뚝 흘러내리는, 거기
그것이 있었고 그것은 빌어먹을 응당 그래야 했으니, 호엔촐레른
로카유⁵의 꽉 막힌 수로를 따라 내려가서, 눈 덮인, 성 위로 향했다.
블로퀴 상티망탈.**⁶ 벨라콰는 그녀의 손을 잡고 아래로
끌어내려 스커트로 덮인, 거의 허벅지의즐거움까지 손가락을
대다가, 그래도 역시 그가 질문한다:

---

* Wagen. '차.' 독일어.
** Blocus sentimental. '감정의 봉쇄.' 프랑스어.

"그 모자 어디서 샀어?" 황록색 헬멧모자.

"마음에 들어?"

"아주 좋은데 너는?"

"오 나는 모르겠어 너는?" 사적인 농담을 기념하며 안도의들뜬 콧물훌쩍임.

"반지랑 잘 어울려." 그는 그 손을 뒤집어 사마귀를 보았다. 금성구의 그림자[7] 아래 점점 작아지고 있는 두 개의 사마귀. 그림자의 골짜기의 사마귀.

"너 사마귀 좋아졌네." 여봐란 듯이 그는 그 장소에 자신의 입을 가져다 댔다. 그녀는 자기 손바닥의 주데카[8]를 분산의 중심점에 대고 누르면서, 엄지와 검지로 그의 광대뼈를 붙잡았다. 그는 들랑브르 거리에서 실크 손수건으로 죽도록취하고 오쟁이지고 게다가 페르노와 강장제도 먹은 문인의 질질흐르는토사물을 막지 않았나? 그는 얼마나 자주 에르나니[9]에 관한 모든 지식을 부인하지 않았나? 가련한 햄릿은 배를 문지르며 배꼽줄을 반질반질하고 가늘게 뽑아 올려 빨간색 조끼를 짓는다. 구슬욕. 생각 없음으로 그는 그 사업을 소진할 것이라, 새로운 생각 없음으로 그는 그 시도의 상정으로부터 완전히 해방될 것이라. 검은 모래 속에 완전히.

내가 잠시 투티의 노랫가락을 끌 테니 룰르타비유[10]처럼 눈을 감고 솔직히 말해 당신은 나의 에로틱한 소스테누티노*를 어떻게 생각하는가? 크레미외 너는 침 흘리지 말고 너 쿠르티우스[11]여, 나는 어딘가 안테로스[12]에 관한 노트를 써 놓은 게 있었던 것 같은데, 사실 나는 언젠가 그에 관한 또는 그를 향한 시를 한 편 (북부 그레이트 조지의 세인트 이중모음 캡틴 던컨인데 괜찮으시다면) 썼던 기억이 나는 것 같은데 음탕한 평신도성직자의 마법의 시에서 짜집기한 것으로 내가 잊지 않는다면 나는 고상한 취향으로 그 조그만 오리새끼잠수부를 일종의 대위법적 보상으로 삼을 참인데 당신은 나를 이해할 수 있는지 문학적 압박과 부담에 대한 당신의 피사 풍 애호에 경의를

---

* sostenutino. '길게 질질 끌기.' 이탈리아어.

표하니. 글쎄 정말로 알다시피 그 강낭콩 모양 두개골과 물감이
남을 것 같으면 어떻게든 다 써 버리려는 경향에도 불구하고
그녀는 살아 있는 쇠꼬챙이라 그는 루크레치아 델 페데[13]의
마돈나를 생각했다. 느 쉬 주 푸앵 팔?* 쉬 주 벨?** 확실히
창백한 미인, 나의 창백한 미인 브라우트***는 바람을 받은
낡은 돛 같은 겨울 피부를 가졌다. 새 같은 코의 작은 체육적
또는 심미적 부분 이면과 그 사이의 뿌리와 원천은 참으로 내가
확언하건대 즐거움과 놀라움의 지속적인 원천이라, 그의 고독이
사람들로 채워지고 정당화되고 미화되지 않았을 때 심지어
그의 사교성이 머릿속에서 감기에 걸렸을 때, 그의 검지 살과
손톱으로, 수년 동안 그것을 문지르고 파헤치고 뚫어 댔으니
이는 그가 안경을 닦는 것만큼이나 오래전부터 계속해 온
일이었고(소모의 황홀감!), 그게 아니면 목을 조르고 교살하는
떨림과 꾸밈음을 견졌는데 그 쇼쳬펜인가 피숑인가 쇼피네크인가
쇼피네토인가 누구든 간에 그놈의 빈켈무지크****는 내 이름이
프레드라는 것만큼이나 확실하게 그녀를 실컷 껴안았지만, 그놈은
클라인마이스터*****의 라이덴샤프트주케라이******와
(베케트 씨에게 감사를) 병실에 드나드는 재능 때문에 (필드
씨에게 감사를) 평생 죽어 갔고(오베르 씨에게 감사를),[14] 그것도
아니라면 센강이든 톨카 강이든 페그니츠 강이든 풀다 강이든
되는대로 건넜지만 단 한 번의 고독한 순간에도 그는 이 모든
비슷한 상황에서 (이런 말을 하게 되어서 유감이지만 지면 관계상
어쩔 수 없이 안타깝게도 그 내역은 이 연대기에서 배제되었는데)
어떤 종류의 승화라는 아주 사악하고 비열한 과잉에 탐닉하거나
영합하지 않았다. 형편없이 빈약하고 축축한 넝마 같은 윗입술은,
퍼그의 주둥이처럼 위로 뒤집혀서 거의 오리나 코브라처럼

---

* Ne suis-je point pale? '나 창백하지 않아?' 프랑스어.
** Suis-je belle? '나 예뻐?' 프랑스어.
*** Braut. '신부.' 독일어.
**** Winkelmusik. '골방-음악.' 독일어.
***** Kleinmeister. '조막만 한-거장.' 독일어.
****** Leidenschaftsucherei. '열정을-찾는-짓거리.' 독일어.

조소하는 모습으로 콧구멍 쪽을 향했으나, 다행히도 탱탱하게
튀어나오고 지속적으로 발기한 아랫입술과 턱이 어느 정도
그것을 완화하고 상쇄해, 최소한으로 말하자면 신호가 복원되고
감상적인 맹렬함의 약속이 재차 긍정되니 이는 그 건강한 여자의
쐐기 모양[15] 두개골에서 이미 너무나 고딕적으로 표명되는
바였다. 때때로 그녀는 문자 그대로 그녀의 카스코*를
들어 올려 새 같은 얼굴이 되어야 했고 존 키스미아스**
씨와 **난**초들에게 그의 **영**구적인 **조**력자 **여**성을 연상시켰으니
그녀는 분명 두 차례의 시험적인 국면에서 그렇게 나타났을
터였다. 프리모,*** 그 빛나는 현명한 여자에 이끌려
그녀의 로지아****에, 달리 표현할 말이 없으니, 못 박혔을
때, 세쿤도,***** 테르미도르가, 그녀의 겨드랑이에 흥미를
가지고, 그녀의 욕실로, 수치심을 품고, 그래, 그리고 그럼에도,
불운한 올리브들을 위해 비통해 하면서, 그녀를 감금했을 때.
글쎄 내가 이 말은 꼭 해야겠는데 악의는 없지만서도, 완전무결한
자아종착적 돌팔이와 사기꾼 집단은 응당 신물이 난다. 아니,
뭐든 간에 그녀는 그런 부류는 아니었다. 나는 이렇게 말해도 될
것 같은데 그녀는 피에타의 앵무새, 피에트라 세레나 앵무새같이
보였다. 그럴 때가 있다. 그것이 구원의 투구[16]를 쓰지 않았을
때임은 내가 굳이 지적할 필요도 없다. 아이고 제우스님 내가
돌이켜 생각해 보면 저 두 젊은이를 처음 병치했던 상호적
이끌림의 열정은 얼마나 순결했었나. 그들이—뭐라고 말해야
할지?—하나가 다른 하나에 들러붙어서 신비로운 접착의
황홀경과 번뇌에 빠졌을 때의 그 숭배감이 어떤 것이었는지 내가
당신에게 전하기란 어림도 없는 일이다. 네선생님! 황홀경과
번뇌! 감상적인 응혈물, 선생님, 그지 같은 표현입지요. 내가

실증적 사실을 모르겠는가 불행한 벨라콰가 (볼로키, 비록 그의
친구들에게, 그럴 시간도 그럴 장소도 아니지만) 오스텐드[17]로
건너가면 그의 달콤한 베가로부터 수로 두 개와 29시간짜리
삼등석만큼 멀어지니, 그의 신경간 신경의 늘씬한 하얀색 줄을
개구리들과 옥수수 케이크들이 등장하는 중국식 색채 환각으로
흔들고 돌리고 팽팽하게 당기고, 신랄한 아 피아체레*
미도와 도라의 기나긴 열병을 잠재우며, 그의 사랑스러운 푸른
꽃에 5월의 가장 멋진 며칠 **밤**의 딸꾹훌쩍임을 새겼으니 그것은
쥐덫에서 이죽대며 썩어 가는 여우 발을 남겼다. 예를 들면:

> 결국 나의 혼란스러운 영혼 속에서
> 사이프러스의 어두운 불꽃으로 어두운 곳에서 알아낸바,
> 확실히 나는 온전해질 수 없고,
> 충만해지고, 궁극적으로 성취될 수 없으리니, 만약
> 그녀의 슬프고 유한한 본질의 백색 열기 속에서
> 내가 소진되고 융합되지 않는다면, 그래서 아무도
> 우리를 갈라놓을 수 없도록 결국 완벽하게,
> 영원히, 돌이킬 수 없이 하나가 되지 않는다면,
> 새도 없고 구름도 없고 색채도 없는 하늘 아래 하나,
> 우리의 불꽃 우리가 그를 위해 죽을 불꽃
> 그 빛나는 순수함으로 하나
> 기이한 지복한 죽음 그리고 전체가 되어라,
> 두 개의 병합되는 별들과 같이, 참을 수 없이 빛나고,
> **하나** 그리고 **무**한 속에서 결합되어!

릴리 니어리는 사랑스럽게 에이 하고 그녀의 가련한 패디**는 B.
A.가 있고 신성한 파리에게 맹세코 내가 당신에게 권하는바 그가
그녀에게 손을 올리고 그것을 즐겼을 때 어떤 종류의 나무 아래
있었는지 묻지 말았으면 한다. 손가락으로 허벅지의즐거움을.

---

* a piacere. '마음대로.' 이탈리아어.
** Paddy. '아일랜드인.'

그녀의 그 허벅지의아름다움에서 무엇이 부족한가? 비치—
멜바[18]와 아침 식사 한참 한참 전에 나오는, 토스트 그리고.
열쇠처럼차가운 루크레티아 잔혹한 타이츠 속의 처녀 조난자
그리고 예수님 그 유용한 정점, 손가락으로 풋파운드를. 아니, 더
많이—더 많이?—나의 빛나는 발육부전을 향한 것 말고? 아니
아니 그것을 찬미하지 마라. 아니 그렇지만 내 생각에 아마도
인동덩쿨이 요람 주변에, 커스터드와 육두구가 내 무덤 위에,
그리고 아인강[*]? 그리고 그는 그녀에게서 떨어져 나온 손으로
그의 코를 빨갛게 만들었다. 예수님 그것도 좋았어요. 나는 당신의
하우스[**] 알브레히트 뒤러, 아담 크라프트[19] 나의 철갑의 처녀를
보지 않으리라. 고문실에서는 흡연 금지. 너 정말로 나에게
좋다 좋다고 말할 작정은 아니겠지! 이제 그 가느다랗고 작은
모래 빛깔 놈들 다른 놈들은 길에서 놀지만 나는 가서 디엔[***]
어디냐 하면 그, 푸르흐트바,[****] 갑자기 눈물이 쏟아지며,
이제 나는 가서 디엔 어디냐 하면 그, 다른 놈들은 길에서 놀지만
나는 가서 디엔 어디냐 하면 그, 그 푸르흐트바, 호텔을 찾고,
바겐을 잡고, 아냐?, 아우프비더제헨,[*****] 글을 쓰고, 너는
될 대로 되라지, 너의 튼튼하고 작고 호펜틀리히[******] 알이
튼실한 후레자식뚜쟁이, 나는 베네딕티나 없이 역에서 밤을 샐
거야, 내 늙은 대머리 자기야, 너는 몰래 들어가 디엔, 네 방은
곰팡이땀 냄새 나, 나는 네 장난꾸러기 손에 키스하지 않을 거야,
다스 하이스트 슈필렌,[*******] 나의 고통스러운 소음순과 나의
무공성 처녀막의 둘뢰르[********] 경련, 흥분했다는 걸 독일말로
뭐라고 하지, 꼬마 매춘부 나의 지저분한 작은 굶주린 깡마른

---

[*] Eingang. '입구.' 독일어.
[**] Haus. '집.' 독일어.
[***] dien. '일해.' 독일어.
[****] furchtbar. '무시무시한.' 독일어.
[*****] aufwiedersehen. '또 만나.' 독일어.
[******] hoffentlich. '바라건대.' 독일어.
[*******] dass heisst spielen. '그건 놀자는 거야.' 독일어.
[********] douleureux. '고통스러운.' 프랑스어.

독수리는 1층으로 올라가 **도시** 방향으로 개울을 건너, 내가 슈윕스*가 있을 때 너한테 샤인**을 보낼게. 아니 그 f--- 폴터침머***에서는 f--- 금연이라고. 나는 그녀의 여동생에게 부탁했고 그녀는 나의 모음을 틀어막았다. 나는 집에 메모를 남기고 온 것이 잘한 일인지 궁금한데, 바인트, 동풍 아래 39번지로 부탁드려요. 글쎄 그리고 그가 그의 코를 잠시 그리고 거기 그 허벅지를 꼬집었을 때 고트 자이 단크**** 그는 빨갛게 달아올랐었지 그렇지 않아 그리고 그녀는 참나무에 기대어 물푸레나무 앞에서 놀도록 놔두고 오 나를 화나게 하지 마 나를 귀찮게 하지 마, 내가 지불할게 너에게 바스*****를 사 줄게, 내 작은 아우겐****** 셀러리아이스, 그가 그러지 않았어, 그리고 이리저리 언덕을 오르고 계곡을 내려가고 서로의 일에 열중한 고양이와 쥐처럼 또는 마리엔킨트[20]처럼. 아니 아니 나는 모든 것을 말하지 않을 것이라, 나는 당신에게 모든 것을 말하지 않을 것이라. 아니 하지만 확실히 이제 당신은 그가 어떤 놈인지 알지 않나? 보라! 하일리거******* 브라마푸트라강! 산울타리를기어오르는놈! 자전거용 바지 밴드를 차고 훔쳐보는 놈! 나는 언젠가 그것을 다르게 말했다. 글쎄 그리고 그가 일어나 열정 없이 주변을 둘러보고 주말 덤불 구릉 주변의 교미를 살폈다. 그래 실로 당연히 당신이 옳다 당신이 내 말뜻을 이해하기는 어렵겠지만, 알다시피 그는 상당히 작고 통통한 내가 융프라우라고 말했을 법한 소녀를 내가 발트라고 말했을 법한 숲으로 데려왔는데 그러는 대신에 기어 다니면서 안식일의 간통을 엿보았다. 오 내가 집에 메모를 남기고 오길 잘한 건지! 그래서 그리고 나서 또 잠시 후에 그는 풀숲 사이로 돌아와 그러는

---

* Schwips. '취기.' 독일어.

** Schein. '지폐.' 독일어.

*** Folterzimmer. '고문실.' 독일어.

**** Gott sei dank. '하느님 감사합니다.' 독일어.

***** Was. '무엇.' 독일어.

****** Augen. '눈[目].' 독일어.

******* Heiliger. '신성한.' 독일어.

대신에 반쯤 농담조로 서서 지켜보았다.

제메 주 뷔 파알리어.* 수르바란이 그린 성자 오난의
격분한 황홀.²¹ 테베의 터널 속 슈빈트주흐트**와 오염.
이상하고 지복한 죽음! 플뤼 프레시외즈 크 라 비,***
지저분한 개! 그러나 틀림없이 될 대로 되라지 자신의 비통함을
동정하지 않고 새로운 비통함으로 자기 자신을 위로하지 않는,
중간 휴지, 그 비참한 자보다 더욱 비참한 것은, 두 배의 슬픔으로
지치지 않은 자, 해안가의 소굴에서 익사하지 않은 자라. 누가
그랬더라? 그는 뻔뻔한 영혼을 뒤척이며, 베르길리우스과
소르델로²²가 만나는 동안 매트리스에 누운 미스 피렌체처럼,
그는 등 쪽으로 배 쪽으로 거듭 몸을 돌렸지만, 계속 전신이
쑤셨노라. 헤르페스의 거미가 그를 갉아먹었노라(문체를
알아보겠는가?). 그는 감히 그의 어두운 사랑으로 거칠게
자랐고 그는 날마다 조금씩 그의 얼굴 아래 땅을 적셨고 맥주
섭취는 그의 정신을 포위하지 못했고 그는 금욕적이었고 그는
지탱하지 못했고 그의 몇 달이나 되는 시간이 그 이후로 그와
함께 소진되었으니 그 역병 같은 인간 그를 그 굽은 등 뒤에서
떼어 내고 그 궤양성 덩어리 앞에 세우고 그 끓어 넘치는 간음과
불륜과 농탕질과 그 귀먹음과 죽음과 쓰디쓰고 맹목적인 고함
속에서 꿀과 다르게 무슨 꿀 망할 글쎄 너도 알잖아 꿀 그리고
오물을 철저히 조사하고 얻어 내고 탐닉하고 갈망의 옴 붙은
것을 긁어냈다. 모든 것은 가벼운 규모로 물론, 오해 없기를,
패터슨의 캠프 커피는 **최**고입니다, 아마도 나는 내 펜이 나와
함께 달아나도록 할 테니, 잠시라도 볼로키가 헛수고를 했다고
상상하지 마라, 물론 그는 약간 낭비되었지만 그건 그럴 수밖에
없었고 그의 발은 약간 나갔고 그가 마음에 품은 계집은 일주일에
사나흘 밤이나 그의 가슴을 박살 내고 간단히 말해서 루시와
주드는 새벽부터 저녁까지 그의 대상포진과 그의 글씨연축과

---

* J'aime et je veux pâalir. '나는 창차백한 것을 사랑하고 좋아한다.' 프랑스어.
** Schwindsucht. '폐결핵.' 독일어.
*** Plus précieuse que la vie. '삶만큼 소중한.' 프랑스어.

그의 삼출성 습진과 그리고 그의 상태 전반과 더불어 상당히
잘 지내는데, 그럼에도 불구하고 우리 모두 동의할지라 내가
확신하건대 약간 맥 빠지고 늘어져서 죽음의식은땀 속에서
무감각하게 뻗어 버리는 것 같은 그런 느낌에서 비롯된 오랜
소명이 있다. 이제 다 왔다. 우리는 나간다. 발걸음을 내딛는다.
감사합니다. 당신은 불을 켠다. 우리는 올라간다. 걸음이
어긋난다. 사적인 농담에 경의를 표하는 흥분된헉헉거림과
발정난명랑함. 여기 우리가 있다. 저기 그들이 있다. 안녕하세요.
여기 와서 기쁩니다. 여기 오니 대단하네요. 오래된 낡은
보눙.* 여기 오니 멋지네요. 건배. 하느님의 축복이 있기를.
변소는 왼쪽입니다. 1초도 안 걸릴 거예요. 자전거 조심하세요.
스키 조심하세요. 베쉬세네스 다자인 베쉬세네스 다자인
아우겐블리크 비터 베쉬세네스 다자인 아우겐블리크헨 비터
베쉬세네스.**

---

* Wohnung. '주택.' 독일어.
** Beschissenes Dasein beschissenes Dasein Augenblick bitte beschissenes Dasein
Augenblickchen bitte beschissenes. '빌어먹을 현존재 빌어먹을 현존재 잠깐만 부디
빌어먹을 현존재 잠깐만 부디 빌어먹을.' 독일어.

1. 이 단편은 훗날 베케트의 첫 단편집 『발길질보다 따끔함』의 주인공이 되는 벨라콰가 처음 등장하는 작품이다. 원래 '벨라콰'는 단테의 『신곡(Divina Commedia)』「연옥 편(Purgatorio)」 4곡에 등장하는 게으름뱅이로, 피렌체의 류트 제작자였던 단테의 친구 두초 디 보나비아(Duccio di Bonavia)가 모델이 되었다고 알려져 있다. '벨라콰'는 그의 별명이었다고 하며, 단테가 그의 게으름을 탓하자 그가 아리스토텔레스를 인용해 "앉아 있는 것과 조용히 하는 것, 이를 통해 인간은 지혜를 얻는다."라고 반박했다고 전해진다. 단편의 제목은 여기서 유래했다.

2. 「코지 판 투테(Cosi Fan Tutte, '여자는 다 그래')」는 모차르트의 오페라로, 두 친구가 연인의 정절을 시험하기 위해 변장을 하고 서로의 연인을 유혹하는 내용을 담고 있다.

3. 18세기 이탈리아 극작가 카를로 고치(Carlo Gozzi)와 20세기 영국 조각가 제이콥 엡스타인(Jacob Epstein)의 이름을 조합한 것이다. 고치는 동화적인 요소의 희곡으로 당대에 큰 인기를 모았으며, 아름답고 도도한 중국의 공주가 등장하는 「투란도트(Turandot)」는 푸치니의 오페라로 널리 알려졌다. 엡스타인은 19세기 아일랜드 문학가 오스카 와일드(Oscar Wilde)의 무덤을 장식하는 석조상을 만든 것으로 유명한데, 원시적인 에로티시즘을 부각시킨 표현으로 논란을 빚었다.

4. 루페르쿠스(Lupercus)는 고대 로마에서 숭배되었던 늑대신이다. 루페르쿠스의 사제들은 매년 2월 15일 염소와 개를 희생 공양하고 염소 가죽만 걸친 채 거리를 다니면서 채찍으로 구경꾼들을 내리쳤다. 그 채찍은 불임을 치료하고 다산을 불러온다고 여겨졌다.

5. 호엔촐레른 성은 슈투트가르트 근처에 있는 고성으로 원래 군사 요새로 쓰이다가 방치되었던 것을 19세기 중반에 프러시아의 프리드리히 빌헬름 4세가 화려하게 재건하였다.

6. 19세기 프랑스 상징주의 시인 쥘 라포르그(Jules Laforgue)의 시 「다가오는 겨울(L'Hiver qui vient)」의 첫 구절이다.

7. 금성구(the mount of Venus)는 손바닥에서 엄지손가락 아래 볼록한 부분으로, 손금으로 애정운을 점칠 때 보는 부분이다.

8. 주데카(Giudecca)는 베네치아 군도를 이루는 여러 섬 중 하나다.

9. 『에르나니(Hernani)』는 19세기 프랑스 문학가 빅토르 위고(Victor Hugo)의 비극으로, 고전주의적 규범을 거부하고 '손수건(mouchoire)'과 같은 일상 용어를 거리낌없이 사용해 당대에 스캔들을 불러왔다.

10. 조제프 룰르타비유(Joseph Rouletabille)는 19-20세기 프랑스의 추리소설가 가스통 르루가 창조한 탐정이다.

11. 뱅자맹 크레미외(Benjamin Crémieux)와 에른스트 로버트 쿠르티우스(Ernst Robert Curtius)는 모두 베케트와 동시대에 문학비평가로 활동했던 인물이다.

12. 안테로스(Anteros)는 에로스의 동생으로, 보답받지 못하는 사랑의 복수자 또는 짝사랑의 신으로 알려졌다.

13. 루크레치아 델 페데(Lucrezia del Fede)는 16세기 피렌체의 화가 안드레아 델 사르토(Andrea del Sarto)의 부인이자 모델로, 전 남편이 죽기 전부터 사르토와 교제했다고 하여 당대부터 악평이 있었다. 두 사람의 관계는 영국의 시인 로버트 브라우닝의 시 「안드레아 델 사르토」의 주제가 되기도 했다.

14. 다니엘 프랑수아 에스프리 오베르(Daniel François Esprit Auber)와 존 필드(John Field)는 각각 프랑스와 아일랜드의 19세기 작곡가로, 쇼팽을 비롯한 동시대 젊은 작곡가들에게 많은 영향을 주었다.

15. 베케트의 소설에서 쐐기처럼 뾰족 솟은 머리는 아일랜드인의 신체적 특징으로 자주 언급된다.

16. 「에베소서」 6장 17절 "구원의 투구와 성령의 검 곧 하나님의 말씀을 취하라"를 인용한 것이다.

17. 오스텐드(Ostend)는 영국과 가까운 벨기에의 항구도시다.

18. 원래 '피치 멜바(peach melba)'는 복숭아에 바닐라 아이스크림과 라즈베리 시럽을 곁들인 디저트를 말한다. 여기서 '피치(peach, 복숭아)'는 '비치(bitch, 암캐)'로 치환되었다.

19. 알브레히트 뒤러(Albrecht Dürer)와 아담 크라프트(Adam Kraft)는 15세기 독일의 미술가이다.

20. "마리엔킨트(Marienkind)"는 독일의 『그림 형제 동화집』에 나오는 동화 「마리아의 아기들」을 말한다. 성모마리아가 보지 말라는 방을 엿보고 보지 않았다고 거짓말을 한 여자가 지상으로 추방된 후, 왕과 결혼하여 왕비가 되지만 거짓말을 실토하지 않아 아기를 낳을 때마다 성모마리아가 천국으로 빼앗아 간다. 여자는 셋째를 낳고 화형당할 위험에 처한 후에야 죄를 고백하며 이에 마리아가 불을 끄고 세 아기를 되돌려 준다.

21. 프란치스코 데 수르바란(Francisco de Zurbaran)은 17세기 스페인의 화가로 산 채로 눈을 뽑힌 성녀 루치아 초상을 그렸다. 오난(Onan)은 창세기에 나오는 야곱의 손자로 형이 죽은 후 형수를 취하여 후사를 이어 주는 일을 거부하고 정액을 땅에 흘렸다는 죄로 천벌을 받았으며 그 이름은 '오나니즘(onanism, 자위)'의 어원이 되었다.

22. 소르델로(Sordello da Goito)는 13세기 이탈리아의 음유시인으로, 단테의 『신곡』에서 주인공 단테와 베르길리우스를 연옥으로 안내하는 역할을 맡았다.

텍스트

오라 오라 나를 올려 예쁜 여윈 더블베드 토끼 잽싸게 나의
애송이 나의 열은 케리 쭈그렁-짜그렁 나의 날들을 위로해
주길 아름다운 장미의 날들 미칠 듯이 수치스러운 빨강의
일주일을 수치스러운 나의 입술로 나의 수치의언덕으로 가장
새로운 새소식은 그녀의가장 그녀의소식이기에 나는 욕정으로-
짓무르고 좋지 않으니 오 나는 차라리 참새가 되어 나의 허풍선이
멋쟁이를 위해 새에서 새로 그리고 나뭇가지로 또는 금빛 광맥이
아로새겨진 석탄 동굴이 되어 나의 사악한 노인네의 냄비젓개를
위해 말끔하게 대빗자루로 사라지고 수사슴의 뿔과 앵초 술이
사라지고 양상추가 야금야금 그리고 사라지거나 또는 마지막
아름다운 날 빨강의 시간이 장미를 피웠고 가시로 찔렀던 것이
아니라 오 나는 온통 잡탕이거나 샐러드 풍의 뒤죽박죽 하나씩
그리고 혼자 침대로 그녀가 말했으니 나는 이 집에 관해 거품을
물지 않을 것이라 그 집의 꽥꽥이는 나였고 나는 알고 싶으니
나의 명랑하게 오쟁이진 더블린의 부랑자로부터 그리고 그 새끼
당나귀 짐말 암탕나귀 고분고분하게 빈의 새끼 비둘기처럼 내
말을 들어라 그리고 너의 그리스 풍 바짓가랑이에 자물쇠를
쨍그랑 내가 재빨라지고 희망 속에서 살고 나의 쭈그렁-짜그렁과
흔쾌히 몫을 나누기 전에 그리고 자라라 자라라 어머니 대지
속으로 그녀의 쨍그랑접시와 가게좌판으로.

천 번에 한 번

외과 의사 보어가 극히 성공적으로 수술을 집도한 브레이라는 소년은 원래 목에 생긴 결핵성 선염 때문에 그에게 이송되었는데, 이상하게 몸이 약해지는 추세를 보였고, 실제로 몸이 약해지기 시작했다. 외과 의사 보어는 분개하지 않고 어깨를 움츠리며 젊지만 아주 저명한 내과 의사인 나이 박사를 불렀다.

나이 박사는 슬픈 인간에 속했으나, 그들 중 대부분이 그렇듯이 공허한 방식으로, 이런 상태를 자연스럽고 합당한 것으로 받아들일 정도는 아니었다. 그는 그것을 장애로 간주했다. 그는 진료실 창문 앞에 가만히 서서, 오른손으로는 재킷 단추를 풀었다 잠그고, 왼손으로는 바지 주머니 속 잔돈을 갖고 놀았다. 그는 오후의 햇빛이, 소나기 사이로 마침 반짝이며, 그의 얼굴에 고주파 샴푸처럼 떨어지는 것을 느꼈다. 온 동네 아이들이 화를 내면서 비가 그치기를 기다리고 있었으므로, 이제 아이들은 밖으로 놀러 나갈 것이었다. 느닷없이 그의 정신에 한 명제가 떠올랐다. 나는 나 자신을 구할 수 없다. 그는 소파에 앉아, 여전히 지난번 환자 생각으로 뒤척였다. 잠시 그는 거기 누워 있었다. 멀리서 격분한 아이의 울음소리가 들렸고, 빛이 잦아들면서 다시 비가 내렸고, 그의 심장은 의학 전문가도 알 수 없는 이유로 쿵쾅거리고 오작동했으니, 이 모든 사소한 소란이 합쳐져 그의 정신과 감각을 소진하기 시작했다. 다른 사람의 발소리가 들리지 않는 곳에서, 골똘히 생각에 잠기는 생활은 추천할 만한 것이 못 된다고, 그는 생각했다. 그의 괴로움을 중단시킨 것은 외과 의사 보어의 전화였다.

나이 박사는 오른쪽 가슴에서 농흉을 발견했다. 그는 외과 의사 보어와 함께 기다란 병동 끝 창문가에 서서 바깥을 바라보았다. 운하, 다리, 수문, 반짝이는 광고판으로 이루어진 풍경이었다. 세 무리의 사람들이 모여서, 한 무리는 다리 위에서 나머지 두 무리는 제방 양쪽에서, 바지선이 수문을 통과하는 모습을 지켜보았다. 이 무리와 멀리 떨어져서, 그 기술적 조작에 전혀 관심을 두지 않고, 잠시 날씨가 개었음을 알아채지 못한 듯이 우산을 든 채, 덩치 큰 여자가 병원 쪽을 올려다보며 서 있었다.

"브레이 부인이에요," 외과 의사 보어가 말했다.

수녀가 다가와 외과 의사 보어에게 호출이 왔다고 말했다.

"나이 박사에게 브레이 어머님의 무용담을 이야기해 줘요," 그가 말하며 자리를 떴다.

이미 바지선은 수문을 무사히 통과했다. 다리 위에 있던 사람들은 반대편 흙벽으로 건너갔고, 그 결과, 나이 박사가 아주 흡족하게도, 그 전에 사람들의 얼굴만 보이던 곳에서, 이제는 남자들과 여자들의 엉덩이를 아주 또렷하게 감상할 수 있었다. 제방 양쪽에 있던 사람들이 다리 아래로 사라졌다. 브레이 부인의 우산은 여전히 펼쳐져 있었지만, 이제는 모자와 가슴에 기대어 있었고, 그래서 두 팔이 자유롭게 흔들거렸다. 그렇게 부분적으로 가려진 채로 그녀는 감시를 계속했다. 나이 박사는 엉덩이의 긴 행렬을 지켜보았고, 수녀는 나이 박사를 지켜보았다.

"그녀는 아침에 맨 먼저 와서," 수녀가 말했다. "하루 종일 있다가 맨 마지막에 떠나요. 아무 말도 안 하고, 애를 지켜볼 뿐이지요. 의사가 왔을 때도 마찬가지였어요. 아무 말도 안 하고, 그의 얼굴만 보았죠. 그러자 다른 환자들이 불평을 하기 시작했고 간호사들은 그녀가 병동 분위기를 흐린다고 말했어요. 그래서 우리가 그녀에게 아침저녁으로 한 시간씩만 있을 수 있다고 말해야 했지요. 그랬더니 이제 저기서 하루 대부분을 보내는 거예요. 창문을 쳐다보면서 면회 시간이 될 때까지 기다리는 거죠."

나이 박사는 이 모든 것에 대해 특별히 답하고 싶은 것이 있다고 느끼지 않았다.

"하느님은 아실 거예요, 그녀는 아주 조용하고," 수녀가 말했다. "아무 문제도 일으키지 않아요. 다만 간호원들의 신경을 조금 건드릴 뿐이죠."

나이 박사는 그녀에 관해 틀림없이 과부이고 아이가 외동이던가 하는 몇 마디 따끔한 말을 웅얼거렸다.

"글쎄, 그게, 그녀는 유부녀예요," 수녀가 말했다. "투암¹에 가족이 있고요."

"그러면 내가 걱정하던 대로군요," 나이 박사가 말했다. "저 여자는 내 옛날 유모예요."

"오, 박사님," 수녀가 말했다. "이런 우연이!"

바지선이 다시 길을 떠나고, 잠깐 갠 날씨는 끝나 가고, 엉덩이들은 사라지고, 오로지 브레이 부인만이 변함없이 거기 있었다. 우산 손잡이가, 보그 오크 목재를 새 모양으로 깎은 것이, 위로 솟았다가 떨어졌다. 나이 박사가 그녀 앞에 우뚝 섰다. 수녀는 간호사들에게 와서 보라고 불렀다. "그의 옛날 유모래요," 그녀가 소리쳤다.

브레이 부인은, 그가 누구이고 누구였는지 알고 나서, 경의를 표하는 듯이, 우산을 내렸다. 그는 아기였고 꼬마였던 시절 그가 사랑했던 여성의 자취를 찾으려 애썼지만, 남은 건 얼룩덜룩한 딸기코와 숨결에서 풍기는 강렬한 클로브와 페퍼민트 냄새뿐이었다. 그는 그녀의 팔을 잡고 다리와 그녀가 있던 곳 사이를 오르락내리락, 왔다 갔다 걸어 다녔다. 대화는 먼저 그녀의 아들을 향했다. "병세의 변화가 있었어요," 나이 박사가 말했지만, 어느 방향으로의 변화인지는 확실히 밝히지 않았다. 그리고 대화는 좋았던 옛 시절로 옮겨 갔다. "그래요," 브레이 부인이 말했다. "선생님은 늘 얼른 자라서 나와 결혼하겠다고 했지요," 하지만 이러한 애착 관계의 근원에 놓인 트라우마는 밝히지 않았다. 다리 위에서 그들은 헤어져서, 나이 박사는 옛 학교 친구를 직업적으로 방문하러 떠나고, 브레이 부인은 면회 시간이 다 되었기에, 병원 계단 쪽으로 걸음을 옮겼다.

한 간호사가 큰 소리로 킬킬거렸다. "선생님이 그녀에게 키스하는 것 봤어요?" 그녀가 말했다. "당연히 키스하겠지요," 수녀가 말했다. "선생님의 옛 유모잖아요."

소년은 왼쪽 가슴에도 농흉이 생겨서, 이제 두 개가 되자, 병상 주변에 칸막이를 둘렀다. 그래서 한 가지 좋은 점은 어머니가 하루 종일 그와 있을 수 있게 되었다는 것이었다. 그녀는 그에게 말을 건네지도 그를 건드리지도 않았으며, 그가 있는 쪽으로 얼굴을 고정하고 있었지만 그를 보는지도 확실치 않았다. 그녀는 나이 박사가 올 때도 그를 끌어들이지 않고, 다만 그의 얼굴을 보는 데 만족했는데, 이는 그가 무슨 생각을 하는지 알기 위해서가 아니라 한때 그녀가 보살핀 존재를 그에게서 알아보려는 희망 때문이었다. 그는 언제나 좋았던 옛 시절과 관련해서 그녀에게 물고 싶은 것이 있었지만, 그럴 때도 그럴 장소도 아니라고 느꼈고, 이 느낌은 꾸준히 강해졌다. 어느 날, 그는 검진을 마치고, 여느 때처럼 말없이 자리를 뜨는 대신에, 침대 가장자리에 앉았다. 일단 수술을 해야 하는지 아니면 그의 손을 조금 더 잡고 있을지 결정해야 하는 시점에 도달한 것이었다. 그 결정은 그의 과학적 지평 바깥에 놓여 있었는데, 왜냐하면 엄정한 병리학적 관점에서 양쪽 모두 강력하게 촉구되었기 때문이다. 그럼에도 결정은 지금 당장, 그에 의해, 내려져야 했다. 그는 소년의 손목을 잡고, 침대 가장자리를 따라 몸을 쭉 뻗으며 그토록 적절히 희귀한 딜레마를 위해 예비된 일종의 치료적 무아지경으로 빠져들었다.

브레이 부인은, 그의 얼굴을 뒤덮은, 공포와 황홀이 공존하는, 표정을 읽어 내고, 여러 방향으로 마음이 움직였다. 그렇게 이목구비가 무너져 내리는 것이 곤란하기도 하고, 드디어 그녀가 기억할 수 있는 그의 모습을 보게 되어 흡족하기도 하고, 기억이 선명해지면서 수치스럽기도 하고, 남의 사생활이나 잠든 모습에 끼어든 것 같아 당황스럽기도 했다. 그녀는 애써 아들을 향해 고개를 돌렸다. 그리고, 매우 분별 있게, 두 눈을 감았다.

수녀가 칸막이 너머로 엿보며 그 광경을 훑었다. 정신이 돌아오는 조짐이 보이자마자 그녀는 매우 다정하게 몸을 들이밀면서, 도움이 되기를 유난스럽게 갈망했다. 그녀는 전혀, 조금도 격려받지 못했다. 그녀는 자신이 본 광경을 보면서 떠났다.

조금씩 나이 박사는 그의 병리학적 관점을 재통합했다. 하지만 그는 침대에 앉아서, 소년의 손목을 놓지 않았다. 그는 일어서서 그 손을 흉골 위에 부드럽게 올려놓았다. 그는 이 부적절한 배치에 화가 치밀어 브레이 부인을 사납게 바라보았는데, 그녀의 온화하고 당황한 시선은, 그녀가 아무것도 안 보았는데도, 수술을 재개하는 방향으로 그를 이끌었다. 그녀에게 그 결정을 알리는 것은 확실히 그의 의무였지만, 그는 그녀의 존재를 한순간도 더 참을 수 없었다. 그녀에게 들려 보낼 페퍼민트 크림 한 박스만 있었다면. 그녀의 모자챙에 (아무것도 그녀가 그것을 벗도록 하지 못했다.) 그의 손이 닿고, 그의 손가락이 파르르 떨리면서 그녀의 뺨으로 내려오고, 형언할 수 없는 움직임이 그녀의 목을 건드리자, 브레이 부인은 너무 많은 말들이 차오르는 것을 느끼며 다시 눈을 감았다. 더는 느낌이 없을 때, 그녀는 눈을 떴다. 그녀는 혼자였다. 그녀는 아들을 향해 얼굴을 돌렸다.

외과 의사 보어가 수술했고, 소년은 폐가 부서져 죽었다. 브레이 부인은 갑자기 말을 되찾아 나이 박사에게 그의 모든 노력에 감사한다고 말했다. 나이 박사는 의과대학생이었을 때 요추천자를 하기 위해 한 아기를 정확하게 바늘로 찌른 순간, 그 아이가 그의 손에서 죽었을 때의 감각을 되살리려고 매우 노력했다. 그는 어느 정도 성공했다. 내장이 꿈틀거리는 것처럼 얼굴이 붉어지기 시작해서, 높이 치솟아 그의 심장으로 치밀어 들어왔으니, 적어도 이 정도는 그가 재공연할 수 있었다. 그는 그녀가 정말로 그에게 감사를 표했으며, 그녀에게 경의를 표하기 위해 그 엄청난 얼굴 붉어짐을 재생하려 해서는 안 된다는 것을 깨달았지만, 그럼에도 어째서인지 그는 그녀에게서 벗어날 수 없는 듯했다. 그래서 그들은 한동안 침묵 속에서 함께 있으면서, 그들의 마음을 말하려고 무척 애를 썼다. 그리고 그들은 포기하고 헤어졌다.

나이 박사는 해변에서 짧은 휴가를 보내다가, 휴가가 끝나갈 무렵 외과 의사 보어의 편지를 받았는데, 브레이 부인이 옛날에 하던 짓으로 돌아갔다는 내용의 추신이 붙어 있었다. 나이 박사는 그녀가 투암으로 돌아갔다고 생각하고 있었다. 그는 첫 번째 기차로 시내에 돌아와서 바로 병원에 갔다.

"무슨 말이에요," 그가 외과 의사 보어에게 말했다. "그녀가 옛날에 하던 짓으로 돌아갔다는 게?"

외과 의사 보어가 수녀를 향해 몸을 돌렸다.

"그 사람 아직도 자리 지키고 있어요?" 그가 말했다.

수녀가 손목시계를 들여다보았다.

"딱 지금 오겠네요," 그녀가 말했다.

그들은 기다란 병동 끝으로 가서 창문가에 섰다. 브레이 부인의 모습은 없었다. 그러나 오래지 않아, 그녀가 우산과 의자 겸용 지팡이를 들고 있는 모습이 눈에 들어왔다. 그녀는 이것을 펼쳐서 운하 길의 흙에 꽂아 넣었다. 그리고 그녀는 앉아서 병원을 향해 얼굴을 꼿꼿이 세웠다.

"장례식 끝난 다음부터 그래요," 수녀가 말했다.

나이 박사가 회진을 시작했다. 한 시가 되자 브레이 부인이, 오렌지 한 개를 먹고, 다리와 지팡이 사이를 오르락내리락 걷고 있다는 소식이 들려왔다. 잠시 후, 그녀는 제자리로 돌아왔다고 했다. 마지막으로, 불이 켜질 무렵, 그녀가 갈 준비를 한다고 했다. 나이 박사는 하던 일을 내려놓고, 다행히 아주 중요한 일은 없었기에, 서둘러 뛰어나가서 그녀를 따라잡았다. 다리 위에서 그들은 얼굴을 마주했다. 그들은 소음을 피해 흙벽의 구석진 곳으로 자리를 옮기고, 운하 쪽으로 몸을 기댔다.

"당신에게 묻고 싶은 것이 있었어요," 그가 다리 그림자에서 흘러나오는 물을 보면서 말했다.

그녀 역시 물을 내려다보면서 답했다.

"당신이 그 침대가에서 몸을 뺐을 때부터 내가 당신에게 말하고 싶었던 것과 같을지 궁금하네요."

침묵이 내렸으니, 그녀는 그가 묻기를 기다렸고, 그는 그녀가 말하기를 기다렸다.

"계속하시지 않겠어요?" 그가 말했다.

그러자 그녀는 그가 아주 어렸을 때와 연관된 어떤 일을 이야기해 주었는데, 너무나 사소하고 은밀한 일이라 굳이 여기서 키울 필요는 없지만, 나이 박사, 이 슬픈 사람은 그 해명에서 대단한 것을 기대했다.

"정말 감사해요," 그가 말했다. "바로 그게 궁금했던 거예요."

그들은 그림자에서 흘러나오는 물을 조금 더 보았고, 그녀는 가야 한다고 말했다. 나이 박사는 주머니에서 박스 하나를 꺼냈다.

"당신에게 주려고 페퍼민트 크림을 몇 개 가져왔어요," 그가 말했다.

그렇게 그들은 헤어져서, 브레이 부인은 그녀의 물건과 죽은 소년의 물건을 챙겨서 떠났고, 나이 박사는 옛 학교 친구에게 바서만 테스트[2]를 시행하러 갔다.

1. 투암(Tuam)은 아일랜드 서쪽에
위치한 골웨이 주의 소도시로,
'내니(Nanny)'라는 이름의 강이
가로질러 흐른다.

2. 바서만 테스트는 독일의 세균학자
아우구스트 파울 폰 바서만(August
von Wassermann)이 고안한 것으로
매독균의 감염을 초기에 확인하기
위해 시행한다.

포기한 작업으로부터

그날은 아침 일찍 일어나, 나는 그때 어렸고, 끔찍한 기분으로, 밖에 나갔고, 어머니는 창밖으로 몸을 내밀고 나이트가운 차림으로 울면서 손을 흔들고 있었다. 상쾌하고 좋은 아침, 종종 그렇듯이 너무 일찍 날이 밝았다. 기분이 정말 끔찍하고, 아주 난폭했다. 하늘은 곧 어두워져 비가 내리고 계속 내리고, 하루 종일, 저녁까지 그럴 터였다. 그리고 푸른색과 태양이 잠깐, 그러면 밤이다. 이 모든 걸로 기분이, 얼마나 난폭해지는지 이런 날, 나는 멈추고 돌아섰다. 그래서 머리를 숙이고 돌아가면서 달팽이나 괄태충, 벌레를 찾았다. 가만히 붙박인 것들에 대한 커다란 사랑이 내 마음속에도 일어나, 덤불들, 바위 같은 것들, 너무 많아서 다 말할 수도 없는, 심지어 들판의 꽃들까지, 제정신일 때는 세상에 건드리지도 않을 그런 것을, 꺾기도 했다. 그런데 이제 또 새 한 마리, 아니면 나비 한 마리가, 내 앞을 가로막으며 이리저리 퍼덕거리면, 뭐든 움직이는 것들이, 내 앞을 가로막으면, 괄태충 한 마리가, 내 발 밑으로 기어들어 오면, 전혀, 자비는 전혀 없었다. 내가 그것들을 잡으려고 가던 길을 벗어난다는 말이 아니라, 아니, 멀리서는 그것들이 가만히 있는 것 같았는데, 잠시 후에는 그것들이 내 곁에 있었다. 새들이 나의 꿰뚫어 보는 눈에는 아주 높이, 아주 멀리, 있어서 멈춰 선 것처럼 보였는데, 바로 다음 순간에는 그것들이 전부 내 주위를 맴돌면서, 까마귀들이 그랬다. 아마도 오리들이 최악일 텐데, 갑자기 오리 떼 한가운데서 비틀비틀 쿵쾅거리게 되었고, 암탉들도 그렇고, 가금류라면 뭐든지, 그보다 나쁜 것은 거의 없었다. 그렇다고 내가 그런 것들을 피하려고 가던 길을 벗어나지도 않을 것인데, 피할 수 있다고 해도, 아니, 나는 그저 가던 길을 벗어나지 않을 것이라, 비록 나는 일평생 한 번도 어딘가를 향해 가던 길이 아니고, 그저 가던 길이지만 그랬다. 그리고 이 길에서 나는 거대한 잡목 숲을 가로질러, 피 흘리고, 진창에 깊이, 물에도, 어떨 때는 바다에도 들어가면서 가던 길에 끌려가거나, 아니면 물에 빠져 죽을 것 같아서, 돌아 나왔다. 그리고 아마도 나는 결국 이렇게 죽을 것이라, 그들이 나를 붙잡지 않으면, 내 말은 물에 빠져, 아니면 불 속에서, 그래, 아마도 나는 결국 이렇게 죽을 것이라, 맹렬하게 저돌적으로 불 속으로 걸어 들어가서 산산이 타 죽을 것이다.
그리고 나는 눈을 치켜뜨고 어머니가 아직 창가에서 손을 흔들고
있는 것을 보았는데, 손을 흔들어 돌아오라고 하는 건지, 아니면
그저 슬프고 무력한 사랑으로, 손을 흔들고 있는지, 아무튼 나는
모르지만, 어머니가 우는 소리를 희미하게 들었다. 창틀은 녹색에,
흐릿했고, 집 벽은 회색이었고 내 어머니는 하얗고 아주 말라서
나는 그녀를 지나 (그때 나는 꿰뚫어 보는 눈을 가졌기에) 방의
어두운 부분까지 볼 수 있었고, 높이 떠오르지 않은 햇빛이
전체적으로 가득했고, 멀리 떨어져 있어서 전부 작았고, 정말이지
전체적으로 아주 예뻤다고, 나는 기억하는데, 낡은 회색과
가느다란 녹색 테두리와 어둠을 배경으로 선 가느다란 하얀색이,
그녀가 가만히 서 있어서 내가 그 모든 것을 볼 수 있었다면. 아니,
일단 내가 서서 무언가 보고 싶어진 이상 나는 그녀가 거기서 손을
흔들고 펄럭이고 창문 안팎으로 덜렁거리며 무슨 운동이라도 하는
양 움직이는 것을 참을 수 없었으며, 어쩌면 정말 그럴 수도,
그녀가 나를 걱정해서 그러고 있는 것이 아닐 수도 있었다. 집요한
목적의식이 없다는 것은, 내가 좋아하지 않았던 그녀의 또 다른
점이었다. 한 주는 운동을 한다면, 그다음 주는 기도하고 성서
읽기, 그다음 주는 정원 돌보기, 그다음 주는 피아노 치고
노래하기, 그건 끔찍했고, 그리고 그다음에는 그냥 누워서 쉬거나,
언제나 변했다. 그건 나에게 중요하지 않았고, 나는 늘 밖에
있었다. 하지만 지금은 내가 떠올린 그날을 붙들고 시작해 보자,
다른 어떤 날이라도 마찬가지겠지만, 그래, 조금 가다가 길을
벗어나서 또 다른 길로 가는 건, 지금은 내 어머니로 충분하다.
그래 한동안은 다 좋았고, 문제없었고, 새가 나에게 덤비지도
않았고, 아무것도 내가 가는 길을 가로지르지 않았고 다만 아주
멀리서 하얀 말 한 마리가 한 소년에게 쫓기고 있었는데, 어쩌면
작은 성인 남자나 여자일 수도 있었다. 이것은 내가 기억하는
유일하게 완벽한 백마, 내가 알기로 독일인들이
시멜(Schimmel)이라고 부르는 것으로, 오 나는 소년이었을 때
아주 잽싸게 어려운 지식을 잔뜩 주워들었으니, 시멜, 영어권
화자로서는, 좋은 단어다. 그 위로 태양이 완전히 떠올라, 내

어머니가 있는 곳까지 오기 바로 전인데, 그 옆구리를 따라 붉은
띠나 줄무늬가 흘러내린 것처럼 보였고, 나는 아마도
뱃대끈이라고, 아마도 저 말은 끈으로 묶이기 위해 어딘가로,
올가미나 뭐 그런 것을 향해 가고 있다고 생각했다. 그것이 저
멀리서 내가 가는 길을 가로질렀고, 그리고 수풀 뒤로 모습을
감췄다, 그런 것 같은데, 내가 알아챈 것은 그 말이 갑자기
나타났다가, 갑자기 사라졌다는 것뿐이었다. 그것은 밝은
하얀색이었고, 태양이 비쳤고, 나는 예전에 그런 말을 본 적이
없었고, 종종 이야기는 들었지만, 두 번 다시 보지 못했다.
이것만은 말해야겠는데 하얀색은 언제나 내게 강렬한 인상을
남겨서, 하얀 것이면 무엇이든, 종이나, 벽이나 기타 등등, 심지어
꽃도, 그리고 그냥 하얀색, 하얀색의 생각, 단지 그뿐이라도
그랬다. 하지만 이 날을 붙들고 끝까지 가 보자. 그때 한동안은 다
좋았고, 단지 그 난폭한 기분이 있었고 그리고 이 백마가
나타났으니, 내가 갑자기 아주 흉포하게, 거의 맹목적으로
격분했을 때였다. 이제는 왜 그렇게 갑자기 격분했는지
모르겠지만, 이 갑작스러운 격분, 그것은 내 삶을 비참하게
만들었다. 다른 많은 것들도 그랬지만, 예를 들면 목이 따가울 때,
나는 목이 따갑지 않은 상태가 어떤지 전혀 알지 못하는데, 하여간
그 격분은 최악이었고, 갑자기 내 안에서 폭풍이 일어난 것처럼,
아니, 말로 표현을 못 하겠다. 어쨌든 그것은 점점 심해지는
난폭한 기분이 아니었고, 그런 것과는 아무 상관도 없어서, 나는
어떤 날에는 하루 종일 난폭한 기분에 시달리면서도 격분하지
않기도 하고, 다른 날에는 아주 차분한 채로 네댓 번이나
격분하기도 했다. 아니, 그것은 해명이 안 되고, 내가 늘 지녔던, 늘
자기 자신을 경계하는 그런 정신 상태로는, 아무것도 해명이 안
되니, 이 문제는 나중에 아마도 내가 이렇게 허약하지 않을 때
다시 거론하겠다. 무언가에 머리를 들이받아서 위안을 구하려
했던 때도 있었지만, 그건 포기했다. 내가 찾은 최선책은 달리기를
시작하는 것이었다. 아마도 여기서 말해야겠는데 나는 아주
천천히 걷는 사람이었다. 정말로 나는 꾸물거리거나 어슬렁거리는
것이 아니고, 그냥 아주 느리게 걸으면서, 좁은 보폭으로 아주

천천히 공기 중에서 발을 움직였다. 한편 나는 세계에서 가장 빠른 달리기 주자에 속해서, 단거리라면, 5에서 10야드라면, 나는 1초 만에 주파할 수 있었다. 그러나 나는 그 속도로 계속 달릴 수 없었는데, 숨이 차서가 아니고, 그것은 정신적인, 전부 다 정신이 빚어낸, 허구였다. 다른 한편 경쾌한 걸음은, 하늘을 나는 것만큼이나 불가능했다. 아니, 나에게는 모든 것이 느리거나, 아니면 이렇게 번개처럼, 또는 급류처럼, 갇힌 것을 터뜨린다고, 그것이 내가 늘, 내가 나아가면서, 거듭거듭, 말하는 것이었으니, 갇힌 것을 터뜨린다, 갇힌 것을 터뜨린다. 다행히 내가 소년이었을 때 아버지가 죽었기에 망정이지, 그렇지 않았으면, 그가 마음먹은 대로, 나는 교수가 되었을 것이다. 나도 제법 괜찮은 학자였지만, 생각이 없고, 기억력만 엄청났다. 어느 날 나는 그에게 밀턴의 우주론에 관해, 우리가 멀리 산으로 갔을 때, 바다가 내려다 보이는 커다란 돌에 기대어 쉬면서 말했는데, 그는 그 이야기에 깊은 인상을 받았다. 사랑 또한, 종종 내 생각에 섞여 들어왔으니, 내가 소년이었을 때, 다른 소년들에 비하면 그렇게 대단하지 않았지만, 나는 그것 때문에 잠 못 이루곤 했다. 아무도 사랑하지 않았다고 나는 생각하고, 그렇게 기억하련다. 다만 꿈속에서는 예외였는데, 거기에는 동물들이, 꿈의 동물들이 있어서, 시골에서 걷다가 볼 수 있는 것들과는 전혀 다른, 말로 표현할 수 없는, 사랑스러운 짐승들이, 대체로 하얀색이었다. 어찌 보면 아마도 유감스럽게도, 어느 좋은 여자가 나를 제대로 된 사람으로 만들 수도 있었을 텐데, 그러면 나는 태양 아래 벌렁 누워서 파이프를 빨며 3대째나 4대째의 엉덩이를 톡톡 두드리며, 경외와 존경을 받으며, 저녁 식사로 뭐가 나올지 궁금해 했을 텐데, 그러지 못하고 이렇게 비가 오나 눈이 오나 똑같이 오래된 길을 정처 없이 배회하고 있으니, 나는 결코 새로운 땅에 어울리는 부류는 아니었다. 아니, 나는 아무것도 후회하지 않으니, 내가 후회하는 것은 단지 내가 태어났다는 사실이고, 죽어 가는 것은 이토록 길고 지루한 과업임을 늘 깨닫는다. 하지만 지금은 내가 떠나온 지점을 붙들고 가자, 백마 그리고 격분, 연관성은 없는 것 같다. 하지만 어째서 이 모든 것을 계속해야 하는지, 나는 모르겠는데, 언젠가 끝내야만 한다면, 어째서 지금은 안 되는가. 하지만 이것들은 생각이고, 나의 것이 아니며, 아무것도 아니니, 내가 부끄럽다. 지금 나는 늙고 허약하고, 고통받고 허약한 채로 어째서라고 웅얼거리고 멈추고, 오래된 생각들이 잔뜩 떠올라 내 목소리로 번지니, 나와 함께 태어나 나와 함께 자라고 억눌러졌던 오래된 생각들, 또 다른 것들이 있다. 아니, 그 머나먼 날로 돌아가, 어떤 머나먼 날이든 간에, 그 흐릿하게 허락된 땅에서 거기 존재하는 것들과 하늘을 향해 눈을 들어 올리고 다시 내렸다가, 다시 들어 올리고 다시 내리기를 반복하고, 어디로도 가지 않는 발은 오로지 어떻게든 집으로 향하고, 아침이면 집에서 나갔다가 저녁이면 집으로 돌아오고, 내 목소리는 하루 종일 내가 귀 기울여 듣지 않는, 심지어 내 것도 아닌, 오래된 똑같은 것들을 웅얼거리고, 그러다 보면 하루의 끝에 다다르니, 그것들은 꼬리가 복슬복슬한 마모셋 원숭이가 내 어깨 위에 앉은 것처럼, 나와 함께한다. 이렇게 계속 말하고, 아주 낮고 쉰 목소리로 말하니, 내가 목이 따가운 것도 당연하다. 아마도 여기서 말해야겠는데 나는 누구에게도 말하지 않았고, 내 생각에 내가 마지막으로 말한 사람은 나의 아버지였다. 어머니도 마찬가지로, 결코 말하지 않았고, 결코 답하지 않았으니, 아버지가 죽은 다음부터는 내내 그랬다. 내가 그녀에게 돈을 달라고 했던 것이, 나는 지금 그때로 돌아갈 수 없는데, 내가 그녀에게 했던 마지막 말일 것이다. 때로 그녀는 나에게 소리를 지르기도 하고, 애원하기도 했지만, 결코 길지는 않았고, 그냥 몇 번 고함을 지르다가, 내가 그 단단하게 맞물린 가련하고 늙고 가느다란 입술을 올려다보면 그녀는 몸을 돌리고 그저 곁눈질로만 나를 보았지만, 그런 일은 드물었다. 때로 한밤중에 나는 그녀의 목소리를 들었는데, 혼잣말 같았고, 아니면 큰 소리로 기도하거나, 아니면 큰 소리로 책을 읽거나, 아니면 찬송가를 불렀으니, 가련한 여인. 그래 말이 있었고 내가 모르는 격분이 있었고, 그리고 쭉 가다가, 그리고 천천히 방향을 돌렸던 것 같고, 점점 더 점점 더 이쪽 아니면 저쪽으로 선회해서, 집 쪽으로 향하게 되면, 집으로 왔다. 오 나의 아버지와 어머니, 그들은 아마도 천국에 계실 거라고 생각하는데, 그들은 아주

선량했기 때문이다. 나는 지옥에 갈 것이니, 그것이 내가 청하는
전부고, 거기서 내가 그들을 계속 저주하면, 그들이 내려다보고 내
목소리를 듣고, 그들의 지복함에서 다소간 광채가 사라질지도
모른다. 그래, 나는 도래할 삶에 관한 그들의 모든 허튼소리를
믿으며, 그것이 나를 기쁘게 하고, 내가 느끼는 불행으로는, 그것을
무효화할 수 없다. 나는 물론 미쳤고 여전히 그렇지만, 무해하며,
무해한 자로 통하니, 그것은 좋은 일이다. 물론 내가 정말로
미쳤다는 말이 아니라, 그냥 이상하고, 조금 이상하고, 해가 갈수록
점점 더 이상해져서, 오늘날에는 나보다 더 이상한 존재를 거의
찾아볼 수 없다. 나의 아버지, 내가 어머니와 마찬가지로 아버지를
죽였다면, 아마도 내가 늘 하는 방식으로 그랬다면, 하지만 나는
지금 그 문제를 파고들 수 없는데, 너무 늙고 허약하기 때문이다.
그 질문들이 내가 가는 곳마다 떠오르고 나를 아주 혼란스럽게
하면서, 나의 존재를 부수어 놓는다. 갑자기 그것들이 거기에,
아니, 그것들이 떠올라, 오래된 심연 속에서 나와, 떠다니고
일렁이다가 사라지니, 그 질문들은 내가 제정신일 때라면 1초도
살아남지 못했을 것이고, 아니, 그 대신에 원자화되었을 것이고,
형태를 이루는 만큼이나 그 이전에, 원자화되었을 것이다. 종종
그것들은 둘이 같이 왔는데, 하나가 다른 하나를 뒤따라와서,
그러니까, **나**는 어떻게 또 하루를 보내나, 그러면, **내**가 어떻게 또
하루를 보낸 적이 있었나? 아니면, **내**가 아버지를 죽였나? 그러면,
내가 누군가를 죽인 적이 있었나? 그런 식으로, 일반적인 것에서
특정한 것으로 진행한달까, 어떤 의미에서는 질문과 답변이라고
할 수도 있고, 아주 혼란스럽다. 나는 가능한 한 최선을 다해
그것들과 씨름하면서, 그것들이 다가오면 발걸음을 서두르고,
머리를 이쪽저쪽 위아래로 움직이고, 괴롭게 이것저것을 응시하고,
웅얼거림을 키워서 소리를 질러 보니, 이런 것들이 도움이 된다.
하지만 그런 것이 꼭 필요한 건 아니고, 여기서 무언가 잘못되어,
만일 그것이 끝이라면 크게 상관없겠지만, 내 인생에서, 어떤
새로운 끔찍한 일이 다가오기 전에, 내가 얼마나 자주 말했던가,
그것이 끝이야, 그렇지만 그것은 끝이 아니었고, 그러나 이제는
끝이 그렇게 멀리 있을 리가 없는데, 나는 가다가 넘어질 것이고

밤이면 평소처럼 저자세로 있거나 몸을 웅크리고 바위 틈에서
아침이 갈 때까지 있을 것이다. 오 나 역시 중단되고 내가 아직
있지 않았을 때처럼 있을 것임을, 다만 예비된 것이 아니라 모든
곳으로 흩어질 것임을 알기에, 나는 행복하고, 이제는 종종 나의
웅얼거림이 더듬거리다 사멸하고 나는 가다가 행복에 겨워 이토록
오랫동안 나를 실어 날랐던 이 오래된 땅에 사랑에 겨워 눈물
흘리니 이 땅의 불평 없음은 곧 내 것이 되리라. 표면 바로 아래에
나는 있을 것이니, 처음에는 전부 모여 있다가, 다음에는 흩어지고
떠다녀, 땅 전체로 아마도 결국 절벽을 통해 바다로, 나의 일부가
퍼질 것이다. I에이커의 땅에 I톤의 벌레들, 그것은 멋진 생각이니,
I톤의 벌레들, 나는 믿는다. 그게 어디서 왔는지, 꿈에서, 아니면
내가 소년이었을 때 구석에서 읽은 책에서, 아니면 내가 가다가
들은 말에서, 아니면 쭉 내 안에 있다가 이제야 내게 기쁨을 주기
위해 나왔는지, 나는 이런 진저리 나는 생각들과 앞서 말한
방식으로 싸워야 한다. 이제 이날까지 백마와 창가의 창백한
어머니에 아무것도 더할 것이 없으니, 부디 이것들에 관해 내가
말로 표현한 것을 다시 읽어 주기를 바라며, 내가 나중에 또 다른
날로 넘어가기 전에, 내가 이윽고 수백 수천 일을 건너뛰고
넘어가기 전에는 아무것도 더할 것이 없으니 나는 그때 그럴 수
없었지만, 어떻게든 통과해서 내가 지금 되어 가는 것이 되었으니,
아니, 아무것도, 모든 것이 사라지고 창가의 어머니, 난폭한 기분,
격분, 비가 전부다. 그렇게 둘째 날까지 가고 그것을 끝내고
길에서 벗어나고 다음으로 넘어간다. 그때 벌어진 일이 무엇이냐
하면 나는 습격을 받고 추적당했는데 어떤 일족 또는 종족이, 잘
모르지만, 담비 떼가, 어떤 아주 특별한 것이, 내 생각에는 담비
떼였던 것 같다. 실제로 내가 그렇게 말할 수 있다면 내 생각에
나는 다행히도 내 삶을 떠나서, 이상한 표현이네, 어쨌든 맞게
들리지 않는다. 다른 누구라도 죽을 정도로 얻어맞고 피를 흘려서,
아마도 하얗게 피를 빨려서, 토끼처럼, 하얗다는 말이 또 나온다.
내가 결코 생각할 수 없었음을 알지만, 만약 내가 생각할 수
있었다면, 그리고 그때는 그랬는데, 나는 토끼처럼, 얌전히 누워서
나 자신이 파괴되도록 했을 것이다. 하지만 늘 그렇듯이 그날 아침

나가는 것으로 시작하자. 또 하루가 돌아오면, 어떤 이유에서든, 그날 아침과 그날 저녁도 거기 있는데, 비록 그 자체로는 특별할 것 없지만, 집에서 나갔다가 돌아오는 일은, 내가 발견한 특별한 것이다. 그래서 그때 새벽의 잿빛 속에서 일어나, 끔찍한 밤이 지나 아주 허약하게 휘청거리며 무엇이 예비되었는지 꿈도 꾸지 못한 채, 나가서 길을 떠났다. 1년 중 언제인지, 나는 정말 모르지만, 그것이 중요할까. 완전히 젖지는 않았지만, 물을 뚝뚝 흘리며, 모든 것이 물을 뚝뚝 흘리며, 날이 밝으면, 날이 밝았는데, 아니, 하루 종일 뚝뚝 주룩주룩 하고, 해는 없음, 빛의 변화 없음, 하루 종일 어둑어둑, 그리고 가만히, 숨소리조차 없이, 밤까지, 그리고 검정색, 그리고 약간의 바람, 나는 집에 가까이 오면서, 별을 몇 개 보았다. 내 지팡이는 물론, 자비로운 하느님의 섭리로, 이 말은 다시 하면 안 되겠다, 말하지 않았지만 내 지팡이는, 내가 가는 동안 내내, 내 손에 들려 있다. 하지만 나의 긴 코트는 없고, 단지 재킷만, 나는 긴 코트를 절대로 참을 수가 없어서, 다리 언저리에서 찰싹거리는 게 싫어서, 또는 차라리 어느 날 갑자기 그것이 싫어졌다고, 갑자기 난폭하게 싫어졌다고 하자. 종종 밖에 나가려고 옷을 입을 때 나는 그것을 꺼내서 걸쳤다가, 방 한가운데서 움직일 수 없게 되어, 결국은 벗어서 다시 장롱 속 옷걸이에 걸곤 했다. 하지만 계단으로 내려가서 바깥으로 나가려고 하는데 내 손에서 지팡이가 떨어지면 나는 그저 땅에 무릎을 꿇고 그리고 얼굴을 앞으로 숙이고, 이것이 아주 대단한 것이라, 그리고 등을 잠시 바닥에 대고, 나는 잠시라도 얼굴을 바닥에 대고 엎드리지 못해서, 그렇게 하기를 좋아하기는 하지만, 그렇게 하면 구역질이 나서, 그래 거기 누워서, 아마도 반 시간 정도, 팔은 옆구리에 붙이고 손바닥은 돌바닥에 대고 크게 뜬 눈은 하늘을 떠돈다. 그때 이런 종류의 경험을 처음 했고, 그것이 즉각적으로 사람을 괴롭히는 질문이 된다. 나는 많이 넘어졌는데, 다리가 부러지지 않았으면 그냥 일어나서, 하느님과 인간을 저주하면서 가던 길을 가는, 그런 종류의 넘어짐과는 전혀 달랐다. 그토록 많은 삶이 지식으로부터 사라졌는데 모든 것이 언제 시작되었는지 어찌 알까, 한 존재의 모든 변수들이, 그 독액을 한 방울씩 흘리며 하나 또 하나, 평생 동안, 이어지다, 결국 무릎을 꿇는 것을. 그래서 어떤 면에서는 심지어 오래된 것들도 매번 최초의 것이며, 두 번의 숨결은 동일하지 않고, 모든 것이 계속해서 옮겨가는 한편 전부 동시에 일어나고 더는 없다. 하지만 지금은 일어나서 계속해서 이 끔찍한 날을 끝내고 그다음으로 넘어가자. 하지만 이 모든 것을 계속하는 의미는 무엇인가, 아무것도 없다. 어머니의 죽음에 이르기까지 기억나지 않는 나날들, 그리고 새로운 장소에서 나 자신의 죽음에 이르기까지 금세 늙어 간다. 그리고 내가 여기 이날 밤에 이르러 바위 틈에서 나의 책 두 권과 강한 별빛과 함께 있을 때 그것은 나와 그 전에 지나간 날을 두고 떠날 것이라, 나의 책 두 권, 작은 것과 큰 것, 모두 과거로 사라지거나, 또는 아마도 잠시만 여기저기에 가만히 있을 텐데, 이 작은 소리는 아마도 지금 내가 이해할 수 없는 것 그래서 나는 내 물건들을 챙겨서 내 굴로 돌아가고, 그렇게 지나간 후에야 그것들이 이야기될 수 있을 것이다. 넘어, 넘어, 내 마음에는 약점이 있으니 그것이 넘어갔음에도, 넘어가고 있음에도, 나는 그 말을 좋아하고, 말들은 내 유일한 사랑이라, 그런 것은 많지 않았다. 나는 종종 하루 종일 가면서 그것을 말했고, 때로는 엄너, 오 엄너 하고 말하고 있었다. 오 그렇지만 나를 늘 따라다녔던 그 끔찍한 초조함 탓에 나는 평생을 크고 오래된 괘종시계가 있는 크고 텅 빈 반향실에서, 그저 귀를 기울이다 깜빡 잠에 빠졌고, 시계 케이스가 열려 있어서 그것이 움직이는 것을 볼 수 있었고, 내 눈을 앞뒤로 움직이면서, 납으로 된 분동이 왔다 갔다 하면서 점점 아래로 내려오면 의자에서 일어나, 일주일에 한 번씩, 다시 감아 주었다. 세 번째 날은 내가 도로에서 일하는 인부에게서 엿본 것으로, 그때 갑자기 내가 본 것이, 너덜너덜하게 늙어 빠진 야수가 도랑에서 완전히 꼬부라진 채 삽이나 뭐 그런 것에 기대어 미심쩍은 눈으로 챙 달린 모자 가장자리 아래로 주위를 둘러보고 나를 올려다보는데, 그 붉은 입, 대체 어떻게 내가 그를 정말 보기나 했는지 모르겠지만, 그래 이게 더 낫다, 내가 그 모습을 본 날 나는 밸프에서 돌아왔고, 어린아이였던 나는 그를 보고 공포에 빠졌다. 이제 그는 죽었고 나는 그를 닮았다. 하지만 그만 일어나서 이

오래된 장면을 떠나 여기, 내 보상을 향해 나아가자. 그러면 그것은 지금과 같지 않을 것이라, 하루 또 하루, 나가고, 계속하고, 어슬렁거리다, 돌아오고, 들어오는 시간이, 나뭇잎의 색이 변하고, 또는 뜯어지고 구겨져서 떨어지듯이, 그러나 이전도 이후도 없는 길고 중단되지 않는 시간이, 밝거나 어둡거나, 떠나거나 향하거나 위치하거나, 언제 어떻게 무엇이 떠나간다는 오래된 절반의 지식, 그러나 가만히 있는 종류의 것들이, 모두 한번에, 모두 가다가, 아무것도, 아무것도 없었고, 아무것도 있을 수 없을 때까지, 삶과 죽음 전부 아무것도, 그런 종류의 것, 오직 어떤 목소리만이 꿈꾸고 온 사방에 웅얼거리고, 그런 무엇, 한때 당신의 입속에 있었던 그 목소리. 그래 일단 밖에 나가서 길 위에서 가진 것 없이 그것이 무엇인지 그때는, 나는 정말 몰랐지만, 그다음에 나는 고사리 수풀에서 지팡이를 마구 휘두르며 물방울을 흩날리며 저주를 퍼부었고, 저급한 언어를, 같은 말들을 거듭 반복했으니, 아무도 내 말을 듣지 않았기를 빈다. 목이 아주 아팠고, 침을 삼키기가 고문 같았고, 귀도 무언가 잘못되어, 나는 귀를 계속 쑤셔 댔지만 소용이 없었고, 아마도 오래된 귀지가 고막을 누르고 있었던 것 같다. 대지는 이상할 정도로 고요했고, 내 안에서도 그 모든 것이 상당히 고요하게, 우연의 일치로, 왜 저주가 내 안에서 쏟아져 나왔는지 나는 모르지만, 아니, 그걸 말로 하려면 바보 같지만, 그리고 지팡이를 휘둘렀던 것, 무엇이 유순하고 허약한 나를 사로잡아 그런 일을, 허우적거리며, 하게 했는지. 그것은 이제 담비 떼인가, 아니, 처음에 나는 그저 또 주저앉아 고사리 사이로 사라졌으니, 그것들은 내가 가고 있을 때 허리까지 올라왔다. 이 거대한 고사리들은 억센 놈들이라, 풀을 먹인 것처럼, 아주 단단한, 끔찍한 줄기가, 당신의 바지를 뚫고 다리 껍질을 벗길뿐더러, 그것들이 구덩이를 가려서, 주의하지 않으면 당신의 다리를 부러뜨리고, 이 얼마나 지독한 영어인지, 굴러떨어지고 시야에서 사라지게 해, 당신은 아무도 당신 목소리를 듣지 못하는 그 곳에서 몇 주나 누워 있을 수도 있다고, 나는 종종 산에 올라 그런 생각을 했고, 아니, 그걸 말로 하려면 바보 같지만, 그냥 계속 나아갔고, 내 몸은 내가 없이도 최선을 다했다.

모든 이상한 것이 사라지고

죽은 상상력 상상해 보라. 어떤 장소, 그것도. 또 다른 질문은 말
것. 어떤 장소, 그리고 그 안에 누군가, 그것도. 곰팡내 나는
죽음의 침대에서 기어 나와 그것을 죽을 장소로 끌고 가라. 문을
나와 도로로 내려와 전쟁 직후 같은 낡은 모자와 코트를 걸치고,
아니, 그것은 말고. 5평방 피트, 높이는 6피트, 입구 없음, 출구
없음, 거기에 그를 놓아 보라. 등받이 없는 의자, 빛이 들어오면
아무것도 없는 벽, 빛이 들어오면 벽에 떠오르는 여자들의 얼굴.
구석에 빛이 들어오면 졸리와 드레이저 프레이저 드레이저의
낡아 빠진 구문론이, 좋다. 빛이 나가고 그가 있도록 하라, 등받이
없는 의자에서, 최후의 인칭으로 독백하도록, 웅얼웅얼, 소리
없이, **이제** 그는 어디에 있나, 아니, **이제** 그는 여기 있다. 앉기,
서기, 걷기, 무릎 꿇기, 기기, 눕기, 살금살금 움직이기, 어둠과 빛
속에서, 전부 해 보라. 빛을 상상하라. 빛을 상상하라. 눈에 보이는
광원 없이, 완전히 눈부신 빛이, 전체적으로 퍼지게, 그림자 없이,
여섯 면이 똑같이 빛나게, 천천히 켜지게, 세상에 10초 동안
완전히 켜지고, 똑같이 꺼지도록, 그렇게 해 보라. 그의 정수리는
천장에 닿지만, 움직이지 않고, 평생을 구부정하게 걷고 바로 서면
꽉 차는 높이로 살았다 하자. 그것이 밖에 나가서, 뭐든 간에, 다시
시작하자, 또 다른 장소, 그 안에 누군가, 계속 눈부신 빛, 결코
보지 않고, 결코 찾지 않고, 목적 없음, 뭐든 간에. 그가 말하니,
소리 없이, **그**가 오래 살고 그래서 더 멀리 갈수록 그것들은 더
작아지고, 그 논증은 더 충실해지고 그가 그 공간을 채워 넣고
그럴수록, 동일한 논증이, 더 텅 비어 간다. 지옥 같은 이 빛은
출처 없이 이유 없이 언제든, 그의 코트를 벗기고, 아니, 벌거벗은
채, 좋다, 당분간 그렇게 놔두자. 검정색 종이 몇 장, 그것들을
거미줄과 침으로 벽에 붙이고, 소용없이, 나머지와 똑같이 비춰라.
필요한 것, 더 이상, 언제든, 더 이상 필요 없는, 사라진, 결코
없었던 것을 상상하라. 빛이 흘러들고, 눈을 감고, 감은 채로
있다가 이윽고 빛이 흘러 나가고, 아니, 그럴 수 없지, 눈을 계속
뜨고, 좋다, 그것을 나중에 보라. 검정색 가방이 그의 머리 위에,
소용없이, 나머지 전부와 마찬가지로 빛 속에서 가만히 멈춰서,
앞, 옆, 뒤, 다리 사이. 검정색 장막, 핀을 찾기 시작하라. 빛이

켜지고, 무릎을 꿇고, 핀을 보고, 그쪽으로 향하고, 빛이 꺼지고, 어둠 속에서 핀을 잡고, 빛이 켜지고, 또 다른 것을 보고, 빛이 꺼지고, 계속, 세상에 수년 동안이나. 장막을 쓰고 등받이 없는 의자로 돌아가, **이**게 더 낫네, 라고 말하며, 이제 그는 더 낫고, 그렇게 앉아서 결코 흔들림 없이, 벌어진 곳을 단단히 여미고 있다가, 이윽고 모든 것이 쇠하고 그가 썩어서 흩어지고 그가 검정색 펄럭거림 속에서 떨어져 나간다. 빛이 나가고, 기나긴 어둠, 초와 성냥, 그것들을 상상하라, 하나를 그어서 불을 만들고, 빛이 켜지고, 불어서 끄고, 빛이 나가고, 또 하나를 긋고, 빛이 켜지고, 그렇게 계속. 빛이 나가고, 하나를 그어서 불을 만들고, 빛이 켜지고, 전부 똑같은 빛, 빛 속의 촛불, 불어서 끄고, 빛이 나가고, 그렇게 계속. 초가 없고, 성냥이 없고, 필요가 없고, 결코 없었다. 그가 어둠 속에서, 일정 시간 있을 때, 그리고 빛이 흘러들어 왔다가 이윽고 일정 시간 흘러 나가고, 그리고 다시, 그렇게 계속, 앉기, 서기, 걷기, 무릎 꿇기, 기기, 눕기, 살금살금 움직이기, 전부 일정 시간, 종이가 없고, 핀이 없고, 초가 없고, 성냥이 없고, 결코 없었고, 최후의 인칭으로 일정 시간 소리 없이 독백하기, 5평방 피트, 높이는 6피트, 빛이 완전히 켜지면 전부 하얀색, 입구 없음, 출구 없음. 어둠 속에서 무릎을 꿇고 웅얼웅얼, 소리 없이, **공상**은 그의 유일한 희망이다. 이 자세에서 빛이 그를 놀라게 해, 희망과 공상이 그의 입술 위에, 평생의 습관대로 구석으로 기어가 여기 그림자 없는 곳에서 비슷하게 머리를 여기 바닥에 조아리자 그 반짝이는 빛이 그의 눈 속으로 되비친다. 타 버린 잿빛의 푸른 눈과 속눈썹이 사라진 것을 상상하라, 평생을 번쩍이는 빛에 눈멀어, 꼼짝달싹 못 하고 부릅뜬 채로, 세상에 1분마다 번개처럼 움찔거리도록, 그렇게 해 보라. 그로 하여금 말하게 하라, 소리 없이, **입구** 없음, 출구 없음, 그는 여기 없다. 그를 단단히 에워싸라, 3평방 피트, 높이는 5피트, 등받이 없는 의자 없음, 앉기 없음, 무릎 꿇기 없음, 눕기 없음, 단지 서서 회전할 수 있는 공간, 빛은 예전과 같이, 얼굴들은 예전과 같이, 구문론은 뒤집어서 반대편 구석에. 그의 뒤통수는 천장에 닿고, 평생을 구부정하게 서 있었다 하자. 바닥 모서리를 시계 방향으로

a, b, c, d라 하고, 천장 쪽을 마찬가지로 e, f, g, h라 부르자, b에서
졸리, d에서 드레이저라고 말하고, 그가 휴식할 수 있도록 몸을
기울여 발은 a에 머리는 g에 두고, 어둠과 빛 속에서, 눈을
번쩍이고, 웅얼웅얼, **그**는 여기 없다, 소리 없이, **공**상은 그의
유일한 희망이다. 몸체, 살과 피부, 그를 거기에 못 박아라 여전히
부드럽지만, 아무것도 명백하지 않은, 장소에 다시. 빛은 예전과
같이, 완전히 켜지면 전부 여전히 하얀색, 바스러지는 회반죽이나
그 비슷한 것, 빛바랜 흙 비슷한 바닥, 아하. 얼굴들은 이제
벌거벗은 몸들로, 눈높이에, 벽마다 둘씩, 전부 여덟, 좋다,
디테일은 나중에. 여섯 면 전부 빛날 때는 뜨거워진다, 아하.
그래서 어둡고 차갑게 일정 시간, 다소간 덜덜 떨면서, 공간
부족으로 사방에 살이 희미하게 찰싹찰싹 부딪히면서, 꼼짝
못하는 발이 작게 쿵쾅거리며, 그렇게 계속. 동일한 시스템의 빛과
열로 다소간 땀이 나고, 움찔거리며 벽에서 떨어지고, 발바닥은
뜨겁고, 이제 하나, 이제 또 하나. 꾸밈없이 웅얼웅얼, **그**는 여기
없다, 소리 없이, **공**상은 죽었다, 크게 뚫린 눈은 꾸밈없이. 빛이
어떻게 멈추는지 보라 다섯 시에는 몸들을 위해 부드럽고
온화하게, 여덟 시에는 더 이상 없음, 벽마다 하나씩, 전부 넷,
전부 엠마라고 하자. 첫 번째는 얼굴만, 말할 수 없이 사랑스러운,
그것을 거기 놔두고, 시계 방향으로 그다음에는 가슴만,
그다음에는 허벅지와 보지만, 그다음에는 엉덩이와 구멍만, 전부
말할 수 없이 사랑스럽다. 그가 어떻게 몸을 으스러뜨리며 숙이고
돌아보는지 보라, 눈이 보지를 향할 때는 뒤통수가 얼굴에 기대고,
구멍을 향할 때는 가슴에 기대고, 그 역도 성립하니, 전부 아주
명백하다. 그래서 이 부드럽고 온화함 속에서, 몸을 으스러뜨리며
숙이고 돌아 손으로 무릎을 쥐고 자기 자신을 끌어안고, 시계
방향으로 맨 먼저 얼굴에서 구멍을 거쳐 다시 얼굴을 거쳐,
웅얼웅얼, **그**가 키스하고, 애무하고, 핥고, 빨고, 박고, 이 모든
것을 망치는 것을 상상하라, 소리 없이. 그리고 멈추고 휴식
자세로 돌아와, 뒤통수는 천장에 닿고, 시선은 땅을 향하며,
평생을 끝내주지 않게 구부정하게 번쩍이는 빛에 눈멀어. 평생을,
보물들을, 엠마와 보낸 저녁들과 한밤의 비행들을 상상하라, 아니,

63

다시 그러지 말고. 몸체, 너무 빨리, 아마도 결코, 흐릿하고
구부정한 몸은 빛이 완전히 켜지면 뼈처럼 하얗고, 아무것도
명백하지 않지만 상상한 대로 잿빛의 번쩍이는 빛이, 아니, 자세
또한 관절의 유희로 이제 아주 명백하게 더욱 다양하게. 9시와
9시 18분 사이에 그것은 4피트이고 폭은 그보다 넓으며 그곳에
무릎을 꿇고, 엉덩이는 발꿈치에, 손은 허벅지에, 몸통은 최대한
구부리고, 정수리는 바닥에. 그리고 심지어 앉아서, 무릎은 위로
끌어당기고, 머리는 무릎 사이에 두고, 팔은 무릎을 감싸서 전부
끌어안는다. 그리고 심지어 누워서, 엉덩이부터 무릎까지가
대각선 ac라고 하고, 발이 d에 있다고 하고, 머리의 왼쪽 뺨이 b에
지불해야 할 대가와 최고로 높이 눕기 더 많은 살이 빛나는 바닥에
닿도록. 그러나 너무 빛나서 태우고 뒤집을 정도는 아니라고 하고
어떻게 되나 보라. 엉덩이부터 무릎까지, bd라고 하고, 발이 c에
있다고 하고, 머리의 오른쪽 뺨이 a에. 그다음에 엉덩이부터
무릎까지 다시 ac라고 하고, 그러나 발이 b에 머리의 왼쪽 뺨이
d에. 그다음에 엉덩이부터 무릎까지 다시 bd라고 하고, 그러나
발이 a에 머리의 오른쪽 뺨이 c에. 이렇게 네 가지 다른
가능성으로 다시 시작할 때. 전부 아주 명백하다. 상상할 수도
있으니 등은 납작하게 바닥에 대고, 무릎은 위로 끌어당기고, 손은
정강이를 쥐고 전부 끌어안고, 천장은 번쩍이고, 반면 얼굴을
납작하게 바닥에 대는 것은 아무리 상상을 늘려 보아도. 그리고
여기까지 장소는 아주 명백하지만 그에 관해서는 아무것도
아마도 결코 다만 관절로 연결된 부분들이 다양하게 배치되어
빛이 완전히 켜지면 하얗게 노출된다. 그리고 늘 거기 그것들 사이
어딘가 번쩍이는 눈들이 이제 더욱 명백하게 여전히 그 시각의
번쩍이는 빛 속에서 드물게 이제 그 맹목을 찢어라. 그래서 예를
들면 되는대로 천장에 파리똥이나 그 곤충 자체나 엠마라는
여자의 한 가닥을 두어라. 그리고 어쩔 줄 모르고 세상에 몇
시간이나 남은 공간 전체에. 죽은 상상력 상상해 보라 잠시 그
번쩍이는 빛 속에 다 죽어 가는 창문 파리가 들끓는 다 망해 가는
공용 주택에 셋방을 얻고, 그리고 먼지 속으로 5피트를 추락해서
죽거나 또는 죽어서 추락한다고. 아니, 이미지 없음, 여기는 파리

64

없음, 여기는 생명이나 죽어 가는 것 없음 다만 그의 것, 먼지 한
톨. 또는 섹스 이후로 지금까지 보이지 않았던 그녀의 것, 엠마가
서고, 돌고, 앉고, 무릎 꿇고, 눕는다고 하자, 어둠과 빛 속에서,
독백하니, **그**녀는 여기 없다, 소리 없이, **공**상은 그녀의 유일한
희망이다, 그리고 에모가 벽에, 첫 번째는 얼굴, 말할 수 없이
잘생긴, 시계 방향으로 그다음의 디테일은 나중에. 그래서 어떻게
몸을 으스러뜨리며 숙이고 돌아 그녀가 웅얼웅얼, **그**녀가 그 모든
것들에 의해 키스받고, 핥아지고, 빨리고, 박히고 기타 등등을
공상하라, 소리 없이, 손으로 무릎을 쥐고 자기 자신을 끌어안고.
그러다 이윽고 멈추고 일어서서, 아니, 이미지 없음, 낮추고,
그녀를 낮추고, 앉거나 무릎 꿇고, 무릎 꿇고, 엉덩이는 발꿈치에,
손은 허벅지에, 몸통은 구부리고, 가슴은 늘어뜨려지고, 정수리는
바닥에, 눈은 번쩍이고, 아니, 이미지 없음, 눈은 감고, 빛이 있을
때 긴 속눈썹은 검정색이고, 번쩍이는 빛은 더 이상 없고, 결코
없었고, 빛이 있을 때 길고 검은 머리카락이 흩어져 있고,
웅얼웅얼, 소리 없이, **공**상은 죽었다. 일정 시간, 어둠과 빛 속에서,
그리고 왼쪽으로 넘어져, 엉덩이부터 무릎까지가 db라고 하고,
발이 c에 있다고 하고, 머리의 왼쪽 뺨이 a에, 왼쪽 가슴이 먼지
속에서 찌그러지고, 손이, 손을 상상하라. 손을 상상하라.
이제부터 그녀가 그렇게 누워 있도록 하라, 늘 그렇게 누워 있었던
것으로, 머리의 왼쪽 뺨이 검은 머리카락 속에서 a에 나머지는
유일한 방도로, 결코 앉지 않았고, 결코 무릎 꿇지 않았고, 결코
서지 않았고, 에모는 없고, 필요 없고, 결코 없었다. 손을 상상하라.
왼손은 오른쪽 어깨의 둥근 부분을 미끄러지지 않게 잡고,
오른손은 땅을 가볍게 짚고, 이 손에 무언가, 나중에 상상하라,
무언가 부드러운 것을, 단단히 짚고, 그리고 힘을 빼고 가만히
일정 시간, 그리고 다시 단단하게, 그렇게 계속, 나중에 상상하라.
바닥부터 오른쪽 둔부의 불룩한 부분 최고점까지, 20인치라고
하자, 날씬한 여자다. 이제 천장이 잘못되어, 아래로 2피트 내려,
이제 완벽한 입방체, 모든 방향으로 3피트, 늘 그랬고, 빛은 예전과
같이, 빛이 완전히 켜지면 예전과 같이 전부 뼈처럼 하얗고,
빛바랜 흙 비슷한 바닥, 거기에 무언가, 당분간 그렇게 놔두자.

허비된 높이, 16인치, 이상한, 일단 무언가 상상할 수 없는
이유라고 하자, 나중에 상상하라, 죽은 상상력 상상해 보라 모든
이상한 것이 사라지고. 졸리와 드레이저가 사라지고, 결코 없었다.
그러면 지금까지 공허한 입방체가 전 방향으로 3피트, 아직
상상된 입구 없음, 출구 없음. 검정색의 차가움이 일정 시간,
그리고 빛이 천천히 올라와 완전히 번쩍이는 빛이 10초 동안
가만히 있다고 하자 그리고 뜨겁고 번쩍이는 빛이 일정 시간 전부
상아빛 하얀색 여섯 면 전부 그림자 없이, 그리고 어두운 잿빛으로
내려와 사라지고, 그렇게 계속. 벽과 천장의 바스러지는
회반죽이나 그 비슷한 것, 빛바랜 흙 비슷한 바닥, 아하, 무언가
거기에, 당분간 그렇게 놔두자. 바닥 모서리를 시계 방향으로 a, b,
c, d라고 하고 여기 엠마가 왼쪽으로 누워, 엉덩이부터 무릎까지
대각선 db를 따라 엉덩이가 d를 향하고 무릎이 b를 향하지만 어느
쪽도 그 지점에 닿지 않는데 왜냐하면 너무 짧고 허비된 공간이
여기서도 아직 상상되지 않은 어떤 이유로. 그러면 왼쪽에서
엉덩이부터 무릎까지 db이고 결과적으로 엉덩이부터 정수리까지
벽의 da를 따라가지만 딱 맞지는 않는데 왜냐하면 머리의 왼쪽
뺨이 a에 닿는 상태로 엉덩이가 튀어나오기 때문이고 무릎부터
발까지 남은 부분이 bc를 따라가지만 딱 맞지는 않는데 왜냐하면
발이 c에 닿는 상태로 무릎이 튀어나오기 때문이다. 어둠과 빛
속에서. 빛이 10초 동안 흘러 나가고 사라지면서 상아빛 살이
천천히 희미해진다. 빛이 얼굴과 근처 바닥에 흩뿌려지면서 길고
검은 머리카락이. 빛이 있을 때 오른쪽 눈과 광대뼈의 생생한
하얀색 그와 대조되는 길고 검은 속눈썹을 드러내라. 비록 진짜
이미지는 없지만 왼쪽 가슴 꼭대기는 찌그러졌다고 거듭 말하고,
그냥 이름인 채로 놔두자. 왼손은 오른쪽 어깨의 둥근 부분을
잡고, 오른손은 살짝 느슨하게 주먹을 쥐고 땅을 짚어서 손가락이
쥐어짜는 듯이 조이도록, 나중에 상상하라, 그리고 다시 느슨하게
하고 가만히 일정 시간, 그대로 계속. 웅얼웅얼, 소리 없이,
그렇지만 머리카락이 살짝 흔들릴 정도로 입술이 움직인다고
하고, 아무것도 내뿜어지지 않거나 공기가 너무 희박한 상태로,
공상은 그녀의 유일한 희망이다, 또는, **그**녀는 여기 없다, 또는,

66

공상은 죽었다, 좌절의 순간들을 암시하면서, 다른 웅얼거림을 상상하라. 어둠과 빛 속에서, 아니, 어둠뿐인 곳에서, 마치 빛 속에 있는 것처럼 이제 어둠뿐인 곳에서 웅얼거림이 있다고 하자 빛날 때는 전부 귀가 되고 여섯 면이 전부 귀가 되지만 어둠 속에서는 들리지 않으니, 이는 잘 알려진 것이다. 그럼에도 소리 없이, 그래 소리가 너무 희미해서 필멸자의 귀에는 닿지 않는다고 하자. 다른 웅얼거림을 상상하라. 말들이 아주 대단히 필요함 대담하지 않게 그러다 이윽고 빛이 10초 동안 천천히 흘러 나가고, 너무 빠르다, 이제 30초로, 대단히 필요함 대담하지 않게 그러다 이윽고 빛이 세상에 30초 동안 천천히 흘러 나가고 어두워지는 1천 가지 잿빛을 거쳐 이윽고 꺼지니 억제하지 못하고, **공상**은 죽었다, 이를테면 기력이 저조할 때처럼, 소리 없이. 그러나 보라 빛이 어떻게 죽어 가고 절반 아래로 내려가거나 또는 그러나 보라 빛이 어떻게 죽어 가고 절반 이하로 내려가거나 또는 더 넘쳐 올라 다시 가득 차는지 그리고 말들이 전율하며 올라왔다가 다시 내려가는지, 좋다, 단순한 지연이라고 하자, 마지막에는 어둠이 있어야 하니, 여기서 어둠과 빛은 마지막에는 똑같아지고 그것이 죽은 상상과 취해진 방도들로 일이 다 끝나는 때이며 어둠과 빛은 마지막에는 똑같이 보인다고 하자. 그리고 실제로 어떻게 흘러들거나 흘러 나가는 상태가 잿빛으로 일정 시간 그리고 정확히 검정색의 문턱에 다다른 상태가 일정 시간 그러다 이윽고 그 선을 넘어 검정색이 되고 끝내는 웅얼거림이 너무 희미해서 필멸자의 귀에는 닿지 않게 되는지. 그러나 웅얼거림은 기나긴 어둠 속에서 너무 길어서 빛에 대한 갈망이 아니 필요가 있으니 기나긴 빛 속에서 어두운 웅얼거림이 필요하듯이 때로 세상에 겨울과 여름날 사이에 가로놓인 공간만큼이나 거대한 그리고 그 거대한 침묵과 마주할 때, **그**녀는 여기 없다, 이를테면 기력이 좀 낮거나 뭐 그럴 때처럼, **공상**은 그녀의 유일한 희망이다, 너무 희미해서 필멸자의 귀에는 닿지 않는다. 그리고 다른 때에는 다른 극단적인 것을 너무 열심히 하나씩 어떤 순서로든 상상하고 또 어떤 때에는 완화되지 않으면 전부 소진되어 두 번째는 상당히 다르게 혼합해 희망과 희망 없음이 그저 마구 쏟아지고 뒤섞여 그 결과가 무로 수렴하니, 이 모든 것은 나중에 더 명백하게 하자. 다른 웅얼거림을 상상하라, **어**머니 어머니, 천상의 어머니, 하느님의 어머니, 천상의 하느님, 그리스도와 예수의 조합들, 수많은 다른 고유명사들 대부분 사랑받는 것들이며 소중한 곳들이라고 하자, 필요한 대로 상상하라, 근거 없는 감탄사들, 고대 그리스의 철학자들이 원산지에서 내뱉었던 것들 지식의 추구를 제안할 수 있었던 어떤 시기에, 완결된 명제를 만들 수 있었던 때에 이를테면, **그**녀는 여기 없다, 그것은 예외이니, 다른 것을 상상하라, **이**것은 가능하지 않다, 저기 하나가, 여기 또 다른 하나가 예외적인 길으로, **해**먹 속에 태양 속에 여기 무언가 황홀한 장소의 이름 그녀가 누워서 자고 있다. 그러나 갑작스러운 번쩍이는 빛은 어떤 단어가 부여되든 소리 없이 어둠 속으로 추락하도록 하니 더 나은 소리 없음이 있다면, 좋다, 소리를 내 보라 그리고 만약 좋지 않다면 아주 말없이 말하라, 소리를 상상하라 그리고 그제야 검은 머리카락이 죄다 구석으로 젖혀지면서 얼굴을 드러내니 이 일이 벌어졌을 때 이제 막. 그러면 이제 그녀에게도 완전히 들리고 만약 다른 귀들이 그녀와 함께 거기 어둠 속에 있다면 그들에게도 만약 귀들이 벽 아래쪽 a에 있다면 그들에게도 어떤 의미 없는 목소리, 그것을 들어라. 그러자 상당히 감정 없이, 오와 아가 냉정하게 교미하는데 보아하니 해먹 속에서의 느낌은 전능하신 예수그리스도 안에 있을 때보다도 덜하다. 그리고 최종적으로 당분간 그리고 그 뿔뿔이 흩어짐을 마주하니 그것은 미숙한 화자에게 흔히 나타나 때로 어떤 의심 속에서 디오게네스와 공상 그녀의 유일한 것을 남긴다. 그렇게 그 소리는 대략적으로 만약 더 명백해지지 않는다면 그래서 그 모든 폭풍은 말해지지 않고 침묵은 깨어지지 않으니 빛과 어둠의 소리가 없다면 또는 변화의 순간에 흘러드는 것의 소리가 30초 그러다 이윽고 완전히 차고 침묵이 일정 시간 그러다 이윽고 흘러 나가는 소리가 30초 그러다 이윽고 검정색 그리고 침묵이 일정 시간, 그것이 듣기에 대한 보상이 될 것이라 그녀는 들으면서 눈을 뜨고 밝아지거나 어두워지는 잿빛을 향하고 그것을 닫지 않고 그것을 닫고 그러다 이윽고 다음 변화의 소리 그러다 이윽고 완전한 빛 또는 어둠, 그것은 당연히 상상된다. 그러나 동시에 여기 모든 소리가 아주 의심스럽다고 하자 비록 여전히 부정하기는 너무 이르고 마지막에는 모든 것이 정신에서 사라지고 모든 정신이 사라져 그때는 아무도 있었던 적이 없고 오로지 침묵하는 살만 남아서 가슴이 희미하게 오르내리며 호흡이 자극적으로 헐떡임에 이르지 않는다면 만약 너무 희미한 것만 남고 다른 모든 것이 부정된다면 그래도 여전히 너무 이르다. 그리고 공허한 입방체가 전 방향으로 3피트, 완전히 번쩍이는 빛, 머리 왼쪽 뺨이 모서리 a에 나머지는 유일한 방도로 비록 명백한 이미지는 없지만 이제 길고 검은 머리카락은 이제 얼굴에서 깨끗이 떨어진 채 바닥에 흩어졌다고 하자 어찌나 깨끗이 떨어졌는지 얼굴 위로 흩어진 것은 이제 어떤 이유로 사라졌다가, 나중에 돌아오고, 그리고 이제 얼굴은 벌거벗은 채 그 모든 번쩍이는 빛이 당분간. 기억에 남은 그 길고 검은 속눈썹은 사라지고 강렬한 하얀색 너무나 깨끗이 머리카락 틈새 이전에 뒤로 젖혀지기 이전에 그리고 어떤 이유로 길을 잃고 그리고 얼굴은 완전히 벌거벗은 채 아마도 당혹스러움을 암시하고 길을 벗어난 머리카락 자체와 혼동되고 그리고 긴 속눈썹과 그리고 머리카락과 함께 사라지거나 또는 다른 어떤 이유로 이제 완전히 사라졌다. 여기서 멈추고 얼굴을 벗어나 어떤 공간 어떻게 장소가 더 이상 입방체가 아니고 원형 건물이 되었는지 보라 지름은 3피트 높이는 18인치로 단면이 반원형인 돔을 떠받치고 있어 마치 로마의 판테온이나 특정한 벌집 모양 무덤 같은데 결과적으로 바닥에서 정점 즉 최고점까지 3피트로 예전보다 낮지 않고 바닥 공간은 인근에 2평방 피트 또는 사라진 모서리마다 6평방 인치가 손실되었고 이것이 누운 자세에 끼치는 결과는 쉽게 상상할 수 있으며 용적을 따지면 더욱 큰 숫자가 되니, 좋다, 얼굴로 돌아가자. 그러나 a, b, c, d는 이제 직각을 이루는 임의의 지름 한 쌍이 원주와 만나는 곳이라 이는 그 손실분만큼 엠마를 더 꽉 조인다는 말인데 예전처럼 접어 넣는다면 정수리에서 엉덩이까지 거의 1피트이고 엉덩이부터 무릎까지는 1피트 이상이며 무릎에서 발까지는 기의 1피트 비록 그녀는 여전히 수학적으로 말해서

7피트 이상이지만 이는 계속 그렇게 접어 나가는 문제라 만약
머리의 왼쪽 뺨이 새로운 a에 발이 새로운 c에 닿는다면 엉덩이는
더 이상 새로운 d가 아니라 그것과 새로운 c 사이 어딘가이며
무릎은 더 이상 새로운 b가 아니라 그것과 새로운 a 사이
어딘가이니 각 부분은 더욱 극심하게 꺾어져 머리는 거의 무릎에
닿고 발은 거의 엉덩이에 닿고, 모든 것이 아주 명백하다. 그리고
원형 건물은 지름이 3피트이고 바닥에서 정점까지 3피트, 완전히
번쩍이는 빛, 머리의 왼쪽 뺨은 더 이상 새로운, 갑자기 이 수치가
틀렸다는 것이 명백해지고 작은 여자는 쭉 늘이면 간신히
5피트이고 원형 건물은 지름이 2피트 바닥에서 정점까지 2피트로
만들고, 완전히 번쩍이는 빛, 얼굴의 왼쪽 뺨은 a에 닿고
정수리에서 엉덩이까지 긴 부분은 이제 불가피하게 대각선을
따라 너무 성급하게 가운데로 놓이고 그 결과 얼굴의 왼쪽 뺨은
정수리가 벽에 기대어 a에 닿고 더 이상 발이 아니라 엉덩이가
벽에 기대어 c에 닿고 거기서 다른 대안은 없고 무릎이 벽 ab에
기대어 얼굴에서 몇 인치 떨어지고 발이 벽 bc에 기대어
엉덩이부터 몇 인치 떨어지고 거기서 다른 대안은 없고 이런
식으로 몸은 세 번 아니면 세 배로 접혀서 가용 공간의 절반에
유일하게 가능한 방식으로 끼워지고 나머지 절반은 텅 비워 둔다,
아하.

다이어그램

팔과 손은 당분간 예전과 같이. 원형 건물은 지름이 2피트이고
최고점까지 높이가 2피트, 완전히 번쩍이는 빛, 얼굴의 왼쪽 뺨이
a에, 길고 검은 머리카락은 사라지고, 하얀 광대뼈 위의 길고
검은 속눈썹은 사라지고, 번쩍이는 빛이 위에서 내리쬐어 이렇게
뼈처럼 하얗고 의심의 여지 없는 얼굴 위의 이목구비를 비추니
오른쪽 얼굴은 여전히 잃어버린 속눈썹을 갈구하고 입술의
접합면에 대한 갈망으로 불타니 적어도 말하자면 머뭇거림 없이
지옥 같은 그것들이 쩍 벌어지고 검은 눈이 나타날 때, 이제 이
얼굴은 당분간 놔두자. 이제 번쩍이는 시선으로 손을 쏘아보라
그것은 아주 여성적으로 명백하고 여성적으로 특별히 올바르며

70

예전과 같이 전처럼 느슨하게 움켜쥔 상태지만 자세를 교정한
이후로 더 이상 바닥에 놓여 있지 않고 이제 오른쪽 무릎 바깥쪽이
두툼하게 허벅지로 이어지는 바로 그 지점에 놓여서 예전과 같이
오른쪽 어깨의 볼록한 부분에 느슨하게 올려져 있다. 그 모든
것이 아주 명백하다. 그 검은 눈은 여전히 크게 벌어져 있다가
전자를 향해 시선을 내리고 이 모든 쥐어짜는 것을 보려고 하니
반대편이 팔 위쪽의 능선을 따라 약간 흘러내리다가 어깨의
볼록한 부분에 걸리는 것을 보라, 쥐어짜는 것을 다시 상상하라.
움켜쥠을 느슨하게 풀고 일정 시간 그리고 아주 여성적으로
꽉 조인 손가락 관절을 5초 동안 으스러뜨리고 다시 느슨하게
풀고 일정 시간, 좋다, 이제 아래로 손가락이 느슨한 상태로
손가락 끝과 손바닥 사이의 그 작은 틈새를, 완전히 번쩍이는
빛으로 지금껏 내내. 실제 이미지 없음 그러나 빨간색이라고
하자 잿빛은 아니고 무언가 잿빛 같은 것이라고 하자 다시 5초
동안 꽉 쥐어짜고 희미한 쉿 소리 그리고 침묵이 내린다고 하자
그리고 다시 2초 동안 느슨하게 하고 희미한 펑 소리가 난다고
하자 그래서 비록 진짜 이미지는 아니지만 작은 잿빛 구멍 뚫린
고무공 또는 작은 잿빛 평범한 고무 벌브 세상에 향수병이나
그런 것에 달려 있어서 쥐어짜면 향기가 분사되는 하지만 여기는
그것뿐이다. 그렇게 조금씩 조금씩 모든 이상한 것이 사라지고.
눈사태 하얀 용암 진흙이 부글거리는 눈꺼풀이 눈을 덮으니
얼굴로 돌아갈 수 있게 되는데 그것은 결국 다른 무엇도 될 수
없었으니, 됐다. 거기서 선천적으로 건강한 목으로 텅 빈 덩어리가
건강한 자연 상태의 목에 점점 더 가까워지니 심지어 경정맥과
힘줄이 얼핏 드러나 보이며 아마도 그녀가 좋은 시절을 지났음을
암시하며 그다음에 다른 고기 부위로 내려가는데 갑자기 전혀
예상 외의 이 모든 파헤쳐 보기가 무의미해지고 당분간 이것으로
충분하고 아마도 이곳에서는 이제 너무 명백해져서 빛이 완전히
켜지고 이렇게 접히고 구부러진 몸이 단지 살아 있거나 그렇지
않은 인간 남자나 여자만이 빛이 완전히 켜지면 이렇게 온통
여기저기 쑤시고 파헤치며 틈새와 구멍과 부속을 살피지 않고도.
그리고 원형 건물은 예전과 같이 당분간 변화 없음 어둠과 빛

속에서 눈에 보이는 광원 없이 전체적으로 퍼지게 그림자 없이 천천히 30초 동안 완전히 똑같이 꺼져서 검정색으로 높이는 최고점에서 2피트 대략 넉넉히 6과 2분의 I, 회반죽 비슷한 것이 벗겨지는 벽은 단면이 반원형이고 표면이 동일한 반원형의 돔을 떠받치고, 바닥은 빛바랜 흙 비슷한 것, 머리는 벽에 기대어 텅 빈 얼굴로 왼쪽 뺨이 a에 끼워지고 나머지는 유일한 방도로 그러니까 엉덩이는 벽에 기대어 c에 끼워지고 무릎은 벽 ab에 기대어 얼굴에서 몇 인치 떨어진 곳에 끼워지고 발은 벽 bc에 기대어 엉덩이부터 몇 인치 떨어진 곳에 끼워지고, 왼쪽 가슴 끝이 찌그러지고 실제 이미지 없음 그러나 당분간 그대로, 왼손이 아주 명백하고 여성적으로 가볍게 오른쪽 어깨의 볼록한 곳을 아주 가볍게 쥐어서 때때로 오른쪽 팔 위쪽의 능선을 따라 흘러내리다가 다시 끌어 올려지고, 마찬가지로 오른쪽 무릎 바깥쪽에 놓인 오른손은 일정 시간 작은 잿빛 고무 스프레이 벌브 또는 잿빛 구멍 뚫린 고무공을 가볍게 쥐고 5초 동안 쥐어짜고 세상에 미약한 쉿 소리 2초 동안 힘을 빼고 그리고 펑 하는 소리 또는 아니고, 오른쪽 검은 눈은 여전히 지옥같이 쩍 벌어져서 일정 시간 그리고 부글거리는 눈꺼풀이 덮으니 빈도와 동기는 나중에 상상하라, 왼쪽도 동시에 또는 아니고 또는 결코 나중에 상상하지 마라, 전부 반원 안에 들어가고 나머지 절반은 텅 비워 둔다, 아하. 모든 것이 아직 완전히 완결되지 않고 완전히 명백하지 않고 거의 변할 것 같지 않다면 아마도 완벽을 향하지 않는 한 아마도 어떻게든 빛이 갑자기 어슴푸레 들어오지 않는 한 아마도 더 잘 고정되고 이 모든 것이 흘러 들어오고 흘러 나가서 완전히 차고 텅 비고 좋고 더 나은 점보다는 나쁜 점이 많고 변함 없는 검정색 또는 번쩍이는 빛 하나 또는 다른 하나 또는 변하지 않는 두 개의 부드러운 하얀색 사이 그러나 당분간 처음에 보였던 대로 놔두고 결코 의심 없이 천천히 30초 동안 켜고 끄기 눈부신 빛과 검정색으로 일정 시간 천천히 밝아지고 어두워지는 잿빛을 거쳐 무로부터 아직 상상된 적 없는 이유로. 잠이 흔들리고 이제 얼마 동안 이제 상상할 수 없는 악몽을 더하고 달콤하게 잠을 깨우고 누운 채 깨어 있다가 이윽고 악마들을 무서워하며 다시 잠을 갈망할 때까지, 아마도 악마들에 관해서는 나중에 슬쩍.
그리고 무서움은 지금 원형 건물에서 갈망과 달콤한 안도감
그러나 너무나 희미하고 허약하니 온실 나뭇잎의 연약한 떨림과
다를 바 없는. 과거의 크나큰 행복에 대한 기억 아니 나란히 누운
슬픔의 희미한 잔물결 그 희미한 것을 제외하고, 이것은 나중에
더 자세히 보자. 자세를 돌린다고 상상하라 목의 관절 덕분에
머리를 가슴 쪽으로 숙여서 일시적으로 뽑아낸 정수리까지의
긴 부분을 짧게 하고 엉덩이 쪽에 몸을 비틀 여지를 만들어
최종적으로 머리가 벽에 기대어 예전과 같이 a에 끼워지지만
오른쪽 뺨이 닿고 엉덩이가 벽에 기대어 예전과 같이 c에 그러나
오른쪽 엉덩이가 닿고 무릎이 벽에 기대어 예전과 같이 얼굴에서
몇 인치 떨어지지만 벽 ad에 닿고 발이 벽에 기대어 예전과
같이 엉덩이부터 몇 인치 떨어지지만 벽 cd에 닿도록 해서 전부
예전처럼 세 번 접히고 끼워지지만 반대편에 놓이도록 반대편
그리고 반대편 반원 안에 나머지 절반은 텅 비워 둔다, 아하,
전부 아주 명백하다. 더욱 명백하게 얼마나 예전의 더 미숙한
단계에서 이 뒤틀기를 거듭 거듭 헛되이 허약함 또는 천부적인
어색함으로 또는 유연성 결핍으로 또는 결의의 결핍으로 그리고
얼마나 어정쩡하게 등을 깔고 다리를 움직였는지 그저 명백하게
어떻게 얼마 후에 균형을 잡고 그리하여 그녀가 누운 곳으로
후퇴하기 머리는 벽에 기대어 a에 끼워지고 텅 빈 얼굴의 왼쪽
뺨이 닿고 엉덩이는 벽에 기대어 c에 닿고 무릎은 벽 ab에 기대고
발은 벽 bc에 기대고 왼손은 오른쪽 어깨의 둥근 부분을 가볍게
붙잡고 오른손은 무릎 바깥 위쪽에 놓고 작은 잿빛 스프레이
벌브 또는 잿빛 구멍 뚫린 고무공 실망감과 함께 자연스럽게
색이 입혀진 아마도 안도감과 함께 이것을 거듭 거듭 그러다
이윽고 최종적으로 단념하고 희미하고 달콤한 안도감과 함께,
여기에는 희미한 실망감도 함께 있었을 것이다. 잠에 들어라
만약 빛과 어둠 속에서 잠을 깨우는 악귀들과 계속 함께 있다면
만약 이렇게 계속 희미하고 달콤한 안도감과 그것에 대한 갈망이
다시 오고 다시 사라지고 바보 같은 일에 다시 헛되이 저항해야
한다면. 과거의 크나큰 행복에 대한 기억은 없음 나란히 누운

슬픔과 아무것도 아닌 불운 그 희미한 잔물결을 제외하고, 나중에
더 자세히 보자. 그렇게 원형 건물에서 지금까지 실망감과
안도감으로 무서움과 갈망하는 슬픔으로 전부 너무나 허약하고
희미하니 세상에 실내에서 겨울을 견디고 봄까지 살아남은
나뭇잎의 희미한 떨림과 다를 바 없는. 이제 번쩍이는 빛이
돌아오니 온통 빛이 없는 곳 헤아릴 길 없는 혼란 소리 없이
검정색 소리 없는 폭풍 그 속에서 세상에 만사가 잘되면 말하자면
100만분의 1이라도 뜻하기 위해 침묵당하고 그리고 그만큼 다시
더욱 운이 좋아서 만사가 잘되면 오로지 인간만이 할 수 있는
방식으로 터져 나오며. 이제 전부 사라지고 결코 없었고 결코
침묵당하지 않았고 결코 목소리를 내지 않았고 전부 돌아와 결코
떼어 낼 수 없었던 침묵시킬 수 없었던 혼란으로부터 소리 없이,
그녀는 여기 없다, 공상은 그녀의 유일한, **어머니** 어머니, 천상에
계신 하느님의 어머니, 천상의 하느님, 그리스도와 예수 모든
조합들, 사랑받았던 사람들과 장소들, 철학자들과 그 모든 한낱
울부짖음, **그물** 침대에서 기타 등등 그런 것들, 잠시만 떠나서,
공상은 죽었다, 그렇게 다시 해 보라, 입술을 거의 벌리지 않는
마찰음으로 웅얼웅얼 하얀 먼지를 희미하게 흔들거나 또는
아니고 빛과 어둠 속에서 만약 이것이 계속된다면 또는 마치
귀들처럼 어둠만 있다면 무언가 확실치 않은 반짝이고 죽은
것이 아마추어 복화술의 사라짐 속에 있을 때 확실히 알려지지
않았을 때. 마지막으로 보기 오 작별은 아니고 그렇지만 당장은
마지막 왼쪽으로 세 번 접히고 공간의 절반에 끼워지고 머리는
벽에 기대어 a에 닿고 엉덩이는 벽에 기대어 c에 닿고 무릎은 벽
ab에 기대어 머리에서 1인치 정도 떨어지고 발은 벽 bc에 기대어
엉덩이부터 1인치 정도 떨어져 있다. 그리고 시선을 돌렸다가 다시
보면 왼손이 오른쪽 어깨의 둥근 부분을 가볍게 쥐고 일정 시간
그러다 이윽고 미끄러지면 다시 쥐고 오른손은 무릎 바깥 위쪽에
놓고 일정 시간 잿빛 스프레이 벌브 또는 잿빛 구멍 뚫린 고무공
그러다 이윽고 쥐어짜서 쉿 하는 소리 그리고 다시 느슨하게
하고 펑 하는 소리 또는 아니고. 길고 검은 머리카락과 속눈썹은
사라지고 찌그러진 가슴 여기에는 당분간 더 추가할 디테일이

없으나 다만 정상적인 목에 힘줄과 경정맥의 흔적 그리고 바닥
없는 검은 눈. 내부에서 죽은 공상과 별도로 희미한 슬픔과 함께
나란히 누운 희미한 기억 그리고 잠 속에서 아직 상상되지 않은
악마들 전부 어두운 진정시킬 수 없는 혼란 소리 없이 그리고
잠시만 희미한 소리와 함께 숨을 내쉬며, **공**상은 죽었다, 여기에
이제 늙은 정신을 위해 슬픔을 더하자 그것은 단순히 한숨 쉬는
소리 검정색 모음 a로 분출되고 그리고 더욱 그래서 그 이후로
여기에는 그 외에 다른 소리가 없으니 이제 사라졌다고 하자
스프레이 벌브나 구멍 뚫린 고무공은 결코 없었다고 가볍게 쥔 그
손에는 아무것도 없었고 아무것도 일정 시간 그러다 이윽고 아직
상상되지 않은 이유로 손가락이 느슨한 상태보다 단단히 조이고
소리 없이 그리고 같은 목적으로 왼손이 오른쪽 팔 위쪽의 능선을
따라 흘러내리고 소리 없이 그리고 같은 목적으로 호흡 없이
끝까지 여기에는 그 이후로 그 외에 다른 소리가 없고 정신에게
주는 작은 선물 이상의 아무것도 없었으니 나란히 누운 희미한
기억 그 슬픔의 떨림으로 희미하게 한숨 쉬는 소리 그리고 공상은
웅얼웅얼 죽었다.

이야기된바

내게 이야기된바 나는 회합이 열리는 동안 결코 그 장소 근처에 가지 않았다. 내가 무슨 장소인지 묻자 어떤 텐트가, 작은 텐트와 그 주변의 특색이 길게 묘사되었다. 이 묘사에 질려서 무슨 회합인지 묻자, 회합의 목적, 진행 시간, 빈도, 그 끔찍한 성격이 순서대로 묘사되었다. 나는 보통 사람보다 예민하게 굴지 않으려고 했지만 결국 손을 드는 수밖에 없었다. 나는 거기 누워서 한동안 아주 가만히 있다가, 이 모든 일이 진행되는 동안 나는 어디 있는지 물었다. 오두막에, 라고 답변이 돌아왔으니, 수풀 속에 오두막이 하나 있는데 200야드 정도 떨어져 있어서, 아무리 큰 울부짖음도 전해지지 않고, 도중에 사라질 것이라 했다. 언뜻 이상하게 들리겠지만 텐트 천이 아주 튼튼하고 오두막이 숲속에 파묻혀 있다고 생각하면 꼭 그렇지만은 않았다. 사실 텐트는 원래 서 있던 곳에서 걷은 다음 50야드 정도 어렵지 않게 움직일 수 있었다. 이러한 공지 이후 침묵 속에서 나는 거기 누워서 눈을 감고 그 오두막을 보기 시작했다. 오두막은 텐트와 달리 그것이 놓인 정황만 묘사되었을 뿐이지만, 그것은 내가 어릴 때 몇 시간이나 계속, 창가 자리에, 1년 내내, 아주 가만히 앉아 있었던 여름 별장을 강하게 연상시켰다. 다섯 개의 똑같은 통나무 벽, 똑같은 채색 유리창, 똑같은 왜소함, 너비는 10피트가 채 안 되었고 천장은 보통 사람은 제대로 서지 못할 정도로 낮았지만, 물론 어린아이에게는 그런 것이 전혀 문제가 되지 않았다. 한가운데, 채색 유리창을 마주 보는 곳에, 등받이가 수직이고 팔걸이가 있는 작은 고리버들 의자가 있었고, 그 맞은편에 여름 별장의 창가 자리가 있었다. 나는 거기에 대단히 꼿꼿하게 가만히 앉아, 팔을 팔걸이에 걸치고, 오렌지색 빛 속에서 바깥을 내다보았다. 틀림없이 여섯 시 조금 넘어서, 회합은 정확히 그 시간에 끝났으니, 내가 보고 있는데 문간에서 손이 나와서 나에게 글이 적힌 종이 한 장을 내미는 것이었다. 나는 그것을 받아서 읽은 다음, 그것을 네 조각으로 찢고 그 조각들을 기다리고 있던 손에 쥐여 주며 버리게 했다. 잠시 후 전체 장면이 사라졌다. 내게 이야기된바 그 사람은 결국 그에게 가해진 가혹 행위에 굴복했지만, 그때는 아주 늙어서 이미 노환으로 자연사할

나이였다. 나는 거기 누워서 오랫동안 아주 가만히—비록
어린아이였지만 나는 유독 가만히 있었고 해가 갈수록 더
그랬는데—이야기가 틀림없이 끝났다 싶을 때까지 그대로
있었다. 하지만 결국 나는 그 사람이 정확히 누구인지—나는
그의 이름을 전하고 싶지만 그럴 수 없는데—그에게 정확히
무엇이 요구되었는지, 그가 말하지 않으려 했거나 그럴 수 없었던
것이 무엇인지 물었다. 안 돼, 라고 답변이 돌아왔으니, 약간의
머뭇거림 끝에 안 된다고, 하여 나는 그 가련한 사람이, 용서받기
위해서, 무엇을 말해야만 했는지 몰랐지만, 만약 내가 그것을
보았다면, 그래, 찰나라도 스쳤다면, 나는 그것을 즉시 알아보았을
것이다.

어느 쪽도 아닌

앞으로 뒤로 그림자 속에서 내면에서 바깥그림자로

침투 불가능한 자기로부터 침투 불가능한 자기아님을 향해 어느 쪽도 거치지 않고

가까이 가면 부드럽게 문이 닫히고, 돌아서면 다시 부드럽게 문이 열리는, 그런 두 채의 불 켜진 피난처 사이에 있는 것처럼

앞으로 뒤로 손짓하는 부름을 받고 외면당하니

길을 무시하고, 하나의 또는 다른 하나의 희미한 빛에 집중하여

들어 본 적 없는 발걸음 소리만

결국 영원히 멈추고, 자기와 타자에게 영원히 부재할 때까지

그리고 소리 없음

그리고 부드럽게 빛이 꺼지지 않고 그곳 무시되었던 어느 쪽도 아닌

말할 수 없는 집으로

천장

아비그도르를 위하여
1981년 9월

처음 시야에 들어오는 것은 하얀색의 것이다. 조금 시간이 지나
처음 시야에 들어오는 것은 흐릿한 하얀색의 것이다. 조금 시간이
지나는 동안 두 눈에 들어오는 것이 계속된다. 결국 그것들이
열리고 이 흐릿한 하얀색과 마주친다. 의식이 들어온 것을 향해
눈길을 준다. 결국 그것들이 열리고 이 흐릿한 하얀색과 마주친다.
희미한 의식이 부분적으로 들어온 것을 향해 순순히 눈길을 준다.
결국 순순히 그것들이 열리고 이 흐릿한 하얀색과 마주친다. 더는
갈 수 없다. 희미한 의식이 부분적으로 들어온 것을 향해 뜻밖에
눈길을 준다. 결국 뜻밖에 그것들이 열리고 이 흐릿한 하얀색과
마주친다. 더는 갈 수 없다.

계속.

어디서부터 가는지 모름. 어떻게도 모름. 누구에게도 모름.
어디서부터 오는지 전혀. 부분적으로 향함. 어떻게도 모름.
누구에게도 모름. 아무것도 전혀. 흐릿하게 들어온 것을 제외하면.
부분적으로 향함. 존재함의 두려움과 함께 다시. 부분적으로 다시.
어딘가에서 다시. 어떻게든 다시. 누군가 다시. 희미한 두려움이
맨 처음 의식 혼자 있는 곳에서 태어난다. 희미한 의식 혼자. 결국
눈들이 뜻밖에 열리고 확인받는다. 이 흐릿한 하얀색을 향해. 이
흐릿한 하얀색에 의해. 더는 갈 수 없다.

계속.

희미한 의식이 처음에 혼자. 정신의 것이 혼자. 혼자 들어온다.
부분적으로 향함. 그리고 더 나쁘게 몸의 것이 또한 들어온다.
이 몸의 흐릿한 하얀색 또한 보인다. 또한 들어온다. 부분적으로
향함. 결국 눈들이 뜻밖에 열리고. 이 흐릿한 하얀색을 향해.
더는—

계속.

하나의 무언가 들어온다. 어딘가를 향함. 어떻게든 향함. 처음에
정신 혼자. 정신 혼자만의 무언가. 그리고 더 나쁘게 몸 또한
들어온다. 몸의 무언가 또한. 결국 눈들이 뜻밖에 열리고. 이
흐릿한 하얀색을 향해. 더—

계속.

흐릿함과 함께 호흡. 끝없는 호흡. 끝없는 끝나 가는 호흡. 두려움
친애하는 시야.

길

8

길이 바닥부터 꼭대기까지 감겨 올라갔다가 거기서 다른 길로
내려왔다. 돌아 내려왔다. 길들은 대략 중간에서 교차했다. 길들은
일방통행로였다. 길을 되짚어 올라가는 길로 돌아 내려오거나
내려가는 길로 돌아 올라갈 수는 없었다. 꼭대기 또는 바닥부터
전체를 그럴 수도 없었고 도중에 그럴 수도 없었다. 돌아오는
길은 계속 계속 언제나 돌아오는 길이었다. 일단 바닥과 꼭대기에
닿으면 멈추거나 말거나 자유였다. 돌아 올라가고 내려가기
전. 일단 양극단에 닿으면 잠시 의지가 해방되었다. 걸음걸이는
내려갈 때나 올라갈 때나 똑같이 언제나 터벅터벅 했다. 1초에
한 걸음 또는 한 시간에 1마일 조금 넘었다. 그러니 바닥과
꼭대기에서 교차로까지 초를 세어 높이와 깊이를 알 수 있었을
것이다. 그게 몇 초인지는 셀 수 있었을 것이다. 길을 따라
가시나무가 있었다. 길들. 언제나 똑같은 안개. 똑같은 어스름.
땅이 멈춰 있듯이. 성긴 모래가 발아래. 그래서 남은 흔적이 없고
전에 아무것도 없었던 흔적이 없다. 아무도 전에 그렇게—

∞

앞뒤로 황폐하게 똑같이 감기는 일방통행로를 가로질러. 서쪽
또는 동쪽 저지대에서 멈춰 선 태양. 마치 땅이 멈춰 있듯이.
긴 그림자들이 이전과 이후로. 똑같은 속도와 셀 수 없는 시간.
얼마나 먼지 모르는 똑같은 무지. 일단 양 끝에 닿으면 멈추거나
말거나 하는 똑같은 여지. 근거 없는 양 끝에. 앞이나 뒤로
돌아가기 전에. 공허 속에서 밟아 다져진 마치 둘러싸인 것처럼
고정된 길들. 눈이 끝없는 허공을 본다면. 끝없이 끝나거나
시작되는 빛 속에서. 기반암이 발아래. 그래서 남은 흔적이 없고
전에 아무것도 없었던 흔적이. 아무도 전에 그렇게—

해설
베케트의 도서관 가장 변변찮은 곳에서

베케트의 저작들을 최소한의 건축적 형태로 재구성한다고 상상해 보라. 단순하게 생각하면 베케트의 노트와 타자본, 교정쇄와 출간된 책을 전부 모은 하나의 도서관이 될 것이다. 그러나 책들은 분해되고 재배치되면서 증식한다. 하나의 텍스트가 다중적인 시간 축을 따라 중복해서 배치되거나, 서로 상충하는 분류 체계에 따라 여러 군데에 반복해서 나타나는 것도, 얼마든지 가능하고, 어느 정도는 불가피하다. 또한 그 도서관에는 시청각 아카이브도 필요할 텐데, 왜냐하면 베케트의 텍스트는, 적지 않은 경우에, 일차적으로 문자로 현전하거나 오로지 문자로만 존재하는 것이 아니라, 목소리와 몸짓 속에서, 그것들의 특정한 시공간적 배치로서 라디오극과 텔레비전극, 영화와 연극으로 현현하기 때문이다. 이러한 상연의 공간을 통해 베케트의 주석자들과 해석자들이 베케트의 도서관으로 밀려들어 온다. 배우들과 연출가들, 번역자들과 학자들, 편집자들과 디자이너들, 관객들과 독자들, 그들을 위한 서가와 책상과 의자, 연습실과 무대, 녹음실과 촬영실과 편집실을 상상해 보라. 그리고 가상의 카메라를 뒤로 쭉 빼서, 북적거리는 도서관의 소음이 귓가에서 멀어지고, 도서관 전체가 시야에 들어올 때, 아마도 그건 어둠 속에 떠 있는 하얀색 입방체 모양일 것이다. 조금은 고전적인 형태.

이 책은 그 도서관의 가장 변변찮은 곳에 놓인다. 어떤 기준으로 도서관 내부를 재배치하더라도 방문객의 시선이 맨 먼저 닿는 곳, 도서관 한가운데 가장 잘 보이는 자리에 이 책이 놓일 일은 없다. 여기 포함된 글은 베케트 자신도 부끄러워했던 것, 발표하고 잊어버렸거나 더 나은 판본으로 고쳐 썼거나 또는 애초에 발표할 생각조차 하지 않다가 남에게 주어 버린 것들이다. 영어와 프랑스어를 오가면서, 베케트는 스스로 중요하다고 판단한 작업, 다시 말해 저자로서의 베케트라는 허구적 구조를 구축하는 데 중요한 벽돌이 될 만하다고 생각한 것들을 대부분 직접 번역했다. 이 책에 수록된 것들은 그런 벽돌들이 아니다. 물론 저자라는 유령은 그 신체적 토대가 되는 도서관의 역동성 속에서 계속 변화하고, 이 책 또한 그러한 변화의 과정에서 일시적으로 두께 있는 몸체를 얻었지만, 여기 묶인 글들이 흩어진 말들이라는 문자 그대로의 의미에서 산문이라는 것, 시도 소설도 희곡도 되지 못하는 파편들과 그림자들이라는 사실은 변하지 않는다. 이들은 그의 인생의 어느 시점에서 그에게서 벗겨져 나온, 어쨌거나 글을 쓰는 동안에는 꽤 심혈을 기울였겠지만 기억에 오래 남지는 않았을 말의 단편들이다.

여기서 무엇을 보는가는 사람마다 다를 수 있다. 누군가는 그 속에 흐릿하지만 틀림없이 새겨진 베케트라는 저자를 찾아낼 수도 있고, 또 누군가는 그런 저자의 광채로 가려지지 않는 베케트의 인간미 또는 인간적 악취를 감지할 수도 있을 것이다. 그러나 어떻게 접근하든 이 책은 자족적 전체라기보다 저자로서의 베케트와 그의 도서관에 기생하는 작은 보충물에 가깝다. 1995년 베케트의『단편 산문 전집 1929-89』을 편집한 S. E. 곤타스키는 단편이야말로 베케트 문학의 정수가 압축되어 있다고 주장한다.[1] 그러나 모든 단편 하나하나가 단독적으로 그런 주장을 뒷받침할 수 있는 건 아니다. 그건 단편들의 모음이 이리저리 뒤적거릴 수 있는 제법 두툼한 책을 이루었을 때, 그리고 그 책이 희곡과 방송용 각본, 시집과 장편소설 들과 같은 책장에 놓여 있을 때 성립하는 주장이다. 이 책은 그보다 훨씬 성글다. 베케트의 프랑스어 단편들, 하나의 연작으로 묶어 볼 수 있는 후기의 주요 단편들이 빠지고, 그야말로 파편들만 남아, 갓 대학원을 졸업한 20대의 베케트가 첫 소설집의 제목으로 제안했던 '찌꺼기(draff)'라는 단어와 새삼스럽게 잘 어울리는 결과물이 되었다.

이 책을 번역하게 된 것은 희미한 옛사랑의 그림자, 약간의 허영심, 약간의 책임감이 합쳐진 결과다. 나는 저자가 '찌꺼기'라고 명명했고 훗날 "유치한 작품"이라고 회고했던[2] 첫 단편집『발길질보다 따끔함』을 번역했고, 이 책은 그 단편집이 형성되고 극복되었던 1920-30년대의 초기 단편들을 포함한다.

96

서로의 육체에 집착하는 우스꽝스러운 커플 '벨라콰(Belacqua)'와 '스메랄디나(Smeraldina)', 그리고 현학적인 문체로 그들을 조롱하지만 때로 그들 못지않은 추태를 부리며 문자들 사이에서 허우적대는 '베케트 씨(Mr. Beckett)'는 1932년작 「앉아 있는 것과 조용히 하는 것」에서 처음으로 이름을 얻었다. 이들의 이야기는 원래 '독일 코미디(German Comedy)'라는 제목으로 전개되어 『그저 그런 여인들에 대한 꿈』으로 확장됐다가, 다시 단편으로 쪼개져서 최종적으로 『발길질보다 따끔함』으로 출판되었다.

당시 베케트는 파리 고등 사범학교와 더블린 트리니티 대학교에서 강사로 일하며 문학 교수로서의 전망과 문학가로서의 야망, 그리고 어느 쪽에서도 썩 두각을 드러내지 못하는 좌절감 사이에서 방황하고 있었다. 1934년 5월 출간된 첫 책 『발길질보다 따끔함』은 독자들에게 외면당했고 비평가들에게 이해받지 못했다. 베케트의 주변 사람들은 책 속에서 자신들의 기괴한 왜상을 발견하고 분노했는데, 베케트를 닮은 주인공 벨라콰가 누구보다 비루하고 너절하게 묘사되었다는 사실은 아무에게도 위안이 되지 않았다. 같은 해 10월 아일랜드 정부는 외설적 표현을 금하는 출판 검열법에 따라 이 책을 금서로 지정했고, 그것이 이 불운한 책의 끝이었다. 베케트는 아일랜드 독립 전쟁과 뒤이은 내전 속에서 가톨릭 민족주의로 충전된 신생 아일랜드 자유국을 견딜 수 없었고 그 역도 성립했다. 이후 그는 대륙으로의 간헐적 탈출을 시도하면서 『머피』를 썼고, 1938년 프랑스로 이주해 제2차 세계대전에 휘말린 채 훗날 『와트』가 될 노트를 채웠다. 1945년 전쟁이 끝났을 때 베케트는 30대의 끝에 있었고 여전히 무명작가였으며 출판사들은 그의 책을 원하지 않았다.

베케트는 1946년부터 본격적으로 프랑스어 작업을 시작해서 1950년까지 다수의 단편과 장편, 시와 희곡, 평론을 썼다. 흔히 3부작으로 묶이는 『몰로이』, 『말론 죽다』, 『이름 붙일 수 없는 자』, 그리고 「고도를 기다리며」가 이때 완성되었다. 이 시기 베케트는 단순히 프랑스어 문학을 시도한 것이 아니라 영어로 문학 하기를 사실상 포기했던 것으로 보인다. 실제로 1956년 「포기한 작업으로부터」를 『트리니티 뉴스(Trinity News)』에

발표하기 전까지 10여 년 간 베케트는 영어로 신작을 내지
않았다. 그러나 번역자로서 베케트는 계속 영어 문장을 만들고
있었다. 1949-50년에는 글쓰기만으로 생활하기 어려웠기
때문에『멕시코 시 선집』을 영어로 번역했고, 1953년부터는 연극
「고도를 기다리며」의 국제적 성공으로 런던과 뉴욕의 출판사들이
그의 작업에 욕심을 냈기 때문에 그간의 프랑스어 작업들을
영어로 직접 옮기기 시작했다. 이 시기 베케트라는 저자는
사회적 존재이자 매체에 기반한 존재로서 여러 겹의 변곡점을
통과하는데,「포기한 작업으로부터」는 주요 작업이라고 하기
어렵지만 이후 작업의 전환을 알리는 일종의 전조처럼 나타난다.
　　베케트의 도서관에서 영어는 다소 이상한 위치에 있다.
그것은 그의 모국어이지만 베케트의 문학적 기원이나 지향이라고
하기는 어렵다. 그는 처음부터 영문학이나 아일랜드 문학이
아니라 어떤 유럽 문학을 꿈꾸었다. 베케트의 초기 영어 작업은
모국어의 투명한 매개를 통해 어떤 문학적 비전을 전달하는
대신에 프랑스어, 독일어, 이탈리아어를 마구 뒤섞은 불투명한
언어 덩어리로서 던져졌다. 실상 그것은 세상 끝의 섬에 갇혔다고
느끼는, 자신의 국적을 하나의 불운으로 받아들이는 젊은 아일랜드
남자가 환상의 도서관을 꿈꾸는 이야기라고도 할 수 있는데,
꿈속에서 그 남자는 모두에게 민폐를 끼치며 기꺼이 모두의
놀림감이 되고 약간의 사랑을 받는다. 그러나 베케트가 순수하게
불투명한 외국어로서 프랑스어를 자신의 문학적 언어로 전유하여
스스로를 저자로서 성립시키고 다시 모국어로 돌아왔을 때, 영어는
저자의 생산 수단이기 이전에 일종의 반향실처럼, 저자와 결부된
목소리라기보다 시차를 두고 돌아오는 메아리와 같이 작동한다.
　　「포기한 작업으로부터」는 한 젊은 남자와 그의 부모를
회상하는 이야기다. 화자는 늙은 남자, 더 이상 젊은 남자가 아닌
어떤 저자다. 문장들을 읽고 쓰는 과정 양쪽 모두에 관여하는,
마치 램프의 요정처럼 도서관의 어딘가에 잠들어 있다가 노트
또는 책을 펼치면 홀연히 나타난다는 가상의 존재, 이미 반쯤
도서관에 먹힌 자로서, 저자는 한때 자신이었던 것의 기억을
낯설게 더듬는다. 여기서 영어, 더 정확히 말해 영어로 분절되고

때로 분열되는 목소리는 그런 기억의 매개체가 된다. 원래 베케트는 이 이야기를 좀 더 완결적인 소설로 만들려고 했으나 마음에 드는 결과가 나오지 않아 단편 상태로 갈무리했다고 한다. 당시 그가 정확히 무엇을 쓰려고 했는지는 알 수 없지만, 아마도 1979년에 영어로 완성한 『동반자』가 그에 가장 근접한 결과물일 것이다. 그러나 그것은 1950년대 중반의 베케트에게 아직 가능한 일이 아니었거나, 또는 그렇게까지 원하는 일이 아니었던 것 같다.

이 시기 베케트는 말이 목소리에 실리는 극 형태를 종이 책과는 또 다른 문학의 매체이자 저자의 확장된 영토로 발견하고 있었다. 1957년 연초에 BBC 라디오에서 그의 첫 번째 라디오극 「넘어지는 모든 자들」이 방송되었고, 여기 참여했던 아일랜드 배우 패트릭 머기가 같은 해 연말 BBC 라디오에서 「포기한 작업으로부터」를 독백 형태로 낭송했다. 베케트는 이 방송이 꽤 들을 만하다고 판단해서 1958년 머기의 목소리를 염두에 두고 「크래프의 마지막 테이프」를 영어로 썼다.[3] 여기서 목소리와 기억은 더욱 선명하게 분열된다. 늙은 남자는 카세트테이프를 통해 자신이 젊었을 때의 목소리, 그때 있었던 일들, 그때 생각하고 기억했던 것들을 마치 타인의 이야기처럼 낯설게 듣는다. 이것은 늙은 저자가 자신의 초기 작업을 책으로 읽는 것과 크게 다를 바 없는 상황이지만, 레코딩 기술은 고전적인 저자 개념의 허구성을 책보다 효과적으로 노출한다. 크래프가 매년 녹음해 놓은 테이프 박스는 저자의 작품 전집과 달리 총체적이고 일관된 세계의 창조자로서 저자라는 환상을 뒷받침하지 못한다. 젊은 남자의 목소리가 재생되는 카세트는 늙은 저자의 일부도 아니고 그의 분신도 아니지만, 저자의 기계화된 패러디, 그의 기이한 잔존으로서 저자를 조롱한다.

이처럼 베케트의 극 작업은 단순히 저자의 이야기를 감각적으로 번역하는 것이 아니라 저자라는 조건을 탐구하고 상연하는 문학적 방법으로 발전해 나간다. 그리고 말과 살 사이의 분열 가능성을 내포하는, 목소리를 가진 몸, 신화화될 수 없는, 오히려 기계화되고 추상화되는, 연장되고 절단되고 재배치되는 몸은 베케트 문학의 도구이자 대주제로 부상한다. 1960년대에 베케트는 연극 대본 외에도 라디오극 및 텔레비전극, 영화 각본을 썼고, 번역뿐만 아니라 연출도 직접 하기 시작했다. 1960년 초에 프랑스어 장편 『그게 어떤지』를 완성한 이후 몇 년간은 온전히 극 작업에 매진해서, 공연용이 아닌 텍스트 작업은 거의 진척이 없었다. 당시 '공상 죽어감(Fancy Dying)'이라는 가제로 지칭되던 장편 작업이 있었지만 끝내 완성을 보지는 못했다.

그러나 이 장편 작업의 일부가 1965년 『쿠르스부흐(Kurs-buch)』에 '잘못된 출발들(Faux départs)'이라는 제목으로 발표되었고, 이때부터 아주 짧은 산문들이 간간이 이어지면서 1970년대 이후의 베케트로 향하는 새로운 계열을 냈다. 「잘못된 출발들」은 각각 한 페이지도 안 되는 프랑스어 단편 세 토막과 영어 단편 한 토막으로 이루어진, 그야말로 파편들의 모음이다. 이것이 영어 단편 「모든 이상한 것이 사라지고」로 한번 확장되었다가, 프랑스어 단편 「죽은 상상력 상상해 보라」로 다시 압축되었는데, 베케트는 이를 일종의 완성판으로 여겼던 것 같다. 그는 1965년 「죽은 상상력 상상해 보라」를 쓰자마자 영어로 옮기고 거의 시간 차 없이 파리와 런던에서 동시에 출판했다. 반면 「모든 이상한 것이 사라지고」는 베케트가 따로 제목도 붙이지 않은 채 보관하고 있다가 1973년에 갑작스럽게 사망한 배우 잭 맥고란의 유족을 돕기 위해 내놓았고, 이는 1976년 에드워드 고리의 삽화가 들어간 한정판으로 출간되었다.[4]

연극 무대를 연상시키는, 그러나 관객을 향해 열린 공간이 아니라 사방이 막힌, 오로지 저자와 독자만이 투명하게 꿰뚫어 볼 수 있는 최소한의 공간에 벌거벗은 몸을 우겨 넣고 이리저리 돌려 본다는 기본 발상은 세 단편에 공통된 요소다. 그러나 「죽은 상상력 상상해 보라」의 저자가 그 발상을 아주 추상적이고 간결하게 구현하는 반면, 「모든 이상한 것이 사라지고」의 저자는 좀 더 질척거리고, 좀 더 감상적이고, 좀 더 개인적인 기억이 불쑥불쑥 튀어나오는 것을 방치한다. 상상이 고갈된 추상적 공간 속에 몸을 접어 넣는 행위가, 때로는 살이 찐득거리고 뼈가 부러지는 소리를 불러일으키면서, 어떤 최적의 상태에 도달할 때까지, 또는 그저 가학적인 고통과 쾌락이 거의 무감각해질 때까지 반복된다. 간단히 말해 「모든 이상한 것이 사라지고」는 불쾌한 작업이다. 그러나

「죽은 상상력 상상해 보라」의 평정성은 그렇게 쥐어짜는 과정을 통해 나왔다는 것을, 이 불쾌한 단편은 증언한다.

1970년대 이후의 베케트, 이미 60대의 나이에 노벨 문학상을 수상한, 드디어 크래프만큼 나이를 먹은 이 늙은 저자는, 그런 치부를 드러내는 데 주저함이 없을 만큼 늙었거나, 또는 고작 그 정도로는 흠집조차 낼 수 없을 정도로 거대한 저자가 되어 있었다. 그가 부끄러워하던 초기 작업을 포함해서, 그의 모든 작업이, 그가 무언가 끄적거린 것이라면 아주 작은 종잇조각이라도 출판하고 싶어 하는 사람들이 줄을 섰고, 베케트는 순순히 그에 응했다. 1973년작 「이야기된바」는 베케트의 독일어권 출판을 담당하던 주어캄프 출판사의 지그프리트 운셀트(Siegfried Unseld)가 청탁하여, 자살한 시인 귄터 아이히에게 헌정된 아주 짧은 산문이다. 1975년 『귄터 아이히를 기억하며(Gunter Eich zum Gedächtnis)』에 볼프강 힐데스하이머(Wolfgang Hildesheimer)의 번역으로 독일어와 영어 두 가지 판본으로 실렸다.[5] 작은 천막에서 늙어 죽을 때까지 무언가를 말하도록 고문당하는 사람이 있고, 그의 비명 소리가 들리지 않는 오두막에 누워서 어린 시절의 여름 별장을 떠올리는 또 다른 사람이 있다. 그런 이야기가 전달된다. 화자는 다만 그 이야기를 들은 대로 옮겨 말하면서 이런저런 기억과 생각에 잠긴다.

이 글에서 언급되는 여름 별장은 1979년 『베케트 연구 저널(Journal of Beckett Studies)』 5호에 발표된 「어둠 속에서 들리는 2」에서도 길게 묘사된다. 이 글은 같은 해 『뉴 라이팅스 앤드 라이터스(New Writing and Writers)』 17호에 발표된 「어둠 속에서 들리는 1」과 마찬가지로 이듬해 「동반자」로 가다듬어져서 출판될 '목소리 / 말 그대로(The Voice / Verbatim)' 작업의 일부였다. 각각 하나의 긴 문단으로 이루어진 두 단편들은 작업 노트에서 쓸 만한 파편을 추출한 것이라기보다 초고를 압축해 보는 테스트 샘플에 가까웠을 것이다. 실제로 이 문단들은 거의 수정 없이 「동반자」에 포함되었다. 이 작업에서 베케트는 과거를 기억하는 목소리를 통해 단순히 개인적 일생을 반추하는 것이 아니라 저자로서 자신의 글쓰기가 탐구했던 주제와 형태들을 되감아 본다. 예를 들어 「어둠 속에서 들리는 I」은 저자가 더블린 시대에 반복적으로 탐구했던 나갔다 돌아오는 움직임을 다시 다르게 반복해 보다가 멈춘다. 이 동적인 정지 상태는 「어느 쪽도 아닌」의 주제이기도 한데, 베케트는 1976년 실험 음악가 모튼 펠드먼(Morton Feldman)의 요청으로 그의 음악극을 위해 이 짧은 단어들의 연쇄를 제공했고, 펠드먼은 이를 바탕으로 50분 분량의 음악극을 만들었다.

1981년작 「천장」과 「길」은 그로브 출판사의 『단편 산문 전집』에 누락되었으나 페이버 앤드 페이버의 후기 단편집에 수록된 것으로, 「잘 못 보이고 잘 못 말해진」과 「최악을 향하여」 사이에 진행된 단편 작업이다. 노년의 베케트는 더욱 말을 줄여 나갔고 말 없는 몸을 말없이 움직이고 말없이 바리보는 일에 이끌렸으나 말을 멈추지는 못했다. 「길」은 나갔다 들어오는 운동을 기하학적 패턴으로 반복해서 추상화하는 두 문단으로 이루어진 글이다. 이 글은 1981년 베케트 탄생 75주년을 기념해 베케트 특집호로 기획된 『대학 문학(College Literature)』 8권 3호에 베케트의 미출간 작업으로 소개되었고, 편집자 임의로 '무한을 향한 교차로 (Crisscross to Infinity)'라는 제목이 붙었다.[6] 「천장」은 화가 아비그도르 아리카의 작품집 『아리카』에 수록된 산문으로, 처음 또는 마지막으로 눈을 뜨고 하얀색 천장과 마주한 의식의 흐름을 더듬더듬 이어 간다. 당시 베케트는 텔레비전극 「콰드」를 완성하고 잠시 숨을 돌리는 기분으로 이 단편을 썼다.[7] 그는 60대부터 십수 년째 거의 매년 공연을 만들고 있었다. 육체적으로는 힘들었을 테지만 아마도 남이 만든 공연을 보고 짜증을 내는 것보다는 나았을 터였다. 그는 이후에도 공연 몇 편을 새로 만들었고 간간이 시와 산문을 썼다. 사뮈엘 베케트는 1989년 르 티에르탕 요양원에서 호흡부전으로 사망했다.

윤원화

1. S. E. 곤타스키(S. E. Gontarski),
「서문: 포기한 작업으로부터: 사뮈엘
베케트의 산문(Introduction:
From Unabandoned Works:
Samuel Beckett's Short Prose)」,
사뮈엘 베케트, 『단편 산문 전집
1929-89(The Complete Short
Prose, 1929-1989)』, 뉴욕, 그로브
출판사(Grove Press), 1995, xi면.

2. 커샌드라 넬슨(Cassandra Nelson),
「서문(Preface)」, 사뮈엘 베케트,
『발길질보다 따끔함(More Pricks
than Kicks)』, 런던, 페이버 앤드
페이버(Faber and Faber), 2010, xi면,
xvii면.

3. 루비 콘(Ruby Cohn), 『베케트
캐넌(A Beckett Canon)』, 앤아버(Ann
Arbor), 미시간 대학교 출판부(The
University of Michigan Press),
238-41면.

4. C. J. 애컬리(C. J. Ackerley), S. E.
곤타스키(S. E. Gontarski), 『그로브판
사뮈엘 베케트 안내서(The Grove
Companion to Samuel Beckett)』,
그로브, 1996, 10-1면, 272-3면.

5. 콘, 『베케트 캐넌』, 324-5면.

6. 디르크 판 휠러(Dirk Van
Hulle), 「서문(Preface)」, 사뮈엘
베케트, 『동반자 / 잘 못 보이고 잘
못 말해진 / 최악을 향하여 / 떨림
(Company / Ill Seen Ill
Said / Worstward Ho / Stirrings
Still)』, 페이버, 2009, xi면.

7. 콘, 『베케트 캐넌』, 370-2면.

작가 연보[*]

1906년 — 4월 13일 성금요일, 아일랜드 더블린 남쪽 마을 폭스록의 집
'쿨드리나(Cooldrinagh)'에서 신교도인 건축 측량사 윌리엄(William)과 그 아내
메이(May)의 둘째 아들 새뮤얼 바클레이 베킷(Samuel Barclay Beckett) 출생. 형
프랭크 에드워드(Frank Edward)와는 네 살 터울이었다.

1911-4년 — 더블린의 러퍼드스타운에서 독일인 얼스너(Elsner) 자매의 유치원에 다닌다.

1915년 — 얼스포트 학교에 입학해 프랑스어를 배운다.

1920-2년 — 포토라 왕립 학교에 다닌다. 수영, 크리켓, 테니스 등 운동에 재능을 보인다.

1923년 — 10월 1일, 더블린의 트리니티 대학교에 입학한다. 1927년 졸업할 때까지 아서
애스턴 루스(Arthur Aston Luce)에게서 버클리와 데카르트의 철학을, 토머스
러드모즈브라운(Thomas Rudmose-Brown)에게 프랑스 문학을, 비앙카
에스포지토(Bianca Esposito)에게 이탈리아문학을 배우며 단테에 심취하게 된다.
연극에 경도되어 더블린의 아베이극장과 런던의 퀸스 극장을 드나든다.

1926년 — 8-9월, 프랑스를 처음 방문한다. 이해 말 트리니티 대학교에 강사 자격으로 와
있던 작가 알프레드 페롱(Alfred Péron)을 알게 된다.

---

[*] 이 연보는 베케트 연구자이자 번역가인 에디트 푸르니에(Edith Fournier)가 정리한
연보(파리, 미뉘, leseditionsdeminuit.fr/auteur-Beckett_Samuel-1377-1-1-0-1.html)
와 런던 페이버 앤드 페이버의 베케트 선집에 실린 커샌드라 넬슨(Cassandra Nelson)이
정리한 연보, C. J. 애컬리(C. J. Ackerley)와 S. E. 곤타스키(S. E. Gontarski)가 함께 쓴
『그로브판 사뮈엘 베케트 안내서(The Grove Companion to Samuel Beckett)』(뉴욕,
그로브, 1996), 마리클로드 위베르(Marie-Claude Hubert)가 엮은 『베케트 사전
(Dictionnaire Beckett)』(파리, 오노레 샹피옹[Honoré Champion], 2011), 제임스
놀슨(James Knowlson)의 베케트 전기 『명성을 누리도록 저주받은 삶: 사뮈엘 베케트의
생애(Damned to Fame: The Life of Samuel Beckett)』(뉴욕, 그로브, 1996), 『사뮈엘
베케트의 편지(The Letters of Samuel Beckett)』 1-3권(케임브리지, 케임브리지 대학교
출판부[Cambridge University Press], 2009-14) 등을 참조해 작성되었다.
　베케트 작품명과 관련해, 영어로 출간되었거나 공연되었을 경우 영어 제목을,
프랑스어였을 경우 프랑스어 제목을, 독일어였을 경우 독일어 제목을 병기했다. 각 작품명
번역은 되도록 통일하되 저자나 번역가가 의도적으로 다르게 옮겼다고 판단될 경우
한국어도 다르게 옮겼다. — 편집자

1927년 — 4-8월, 이탈리아의 피렌체와 베네치아를 여행하며 여러 미술관과 성당을
　　　　 방문한다. 12월 8일, 문학사 학위를 취득한다(프랑스어·이탈리아어, 수석 졸업).

1928년 — 1-6월, 벨파스트의 캠벨 대학교에서 프랑스어와 영어를 가르친다. 11월 1일,
　　　　 파리의 고등 사범학교 영어 강사로 부임한다(2년 계약). 여기서 다시 알프레드
　　　　 페롱을, 그리고 전임자인 아일랜드 시인 토머스 맥그리비(Thomas MacGreevy)를
　　　　 만나게 된다. 맥그리비는 파리에 머물던 아일랜드 작가이자 베케트에게 큰
　　　　 영향을 미치게 되는 제임스 조이스(James Joyce)를, 또한 파리의 영어권 비평가와
　　　　 출판업자들, 즉 문예지『트랜지션(transition)』을 이끌던 마리아(Maria)와 유진
　　　　 졸라스(Eugene Jolas), 파리의 영어 서점 셰익스피어 앤드 컴퍼니(Shakespeare
　　　　 and Company) 운영자 실비아 비치(Sylvia Beach) 등을 소개해 준다.

1929년 — 3월 23일, 전해 12월 조이스가 제안해 쓰게 된 베케트의 첫 비평문「단테…
　　　　 브루노. 비코··조이스(Dante...Bruno. Vico..Joyce)」를 완성한다. 이 비평문은
　　　　 『'진행 중인 작품'을 진행시키기 위하여 그가 실행한 일에 대한 우리의 '과장된'
　　　　 검토(Our Exagmination Round his Factification for Incamination of Work
　　　　 in Progress)』(파리, 셰익스피어 앤드 컴퍼니, 1929)의 첫 글로 실린다. 6월,
　　　　 첫 비평문「단테… 브루노. 비코··조이스」와 첫 단편「승천(Assumption)」이
　　　　 『트랜지션』에 실린다. 12월, 조이스가 훗날『피네건의 경야(Finnegans
　　　　 Wake)』에 포함될,『트랜지션』의 '진행 중인 작품' 섹션에 연재되던 글「애나
　　　　 리비아 플루라벨(Anna Livia Plurabelle)」의 프랑스어 번역 작업을 제안한다.
　　　　 베케트는 알프레드 페롱과 함께 이 글을 옮기기 시작한다. 이해에 여섯 살 연상의
　　　　 피아니스트이자 문학과 연극을 애호했던, 1961년 그와 결혼하게 되는 쉬잔
　　　　 데슈보뒤메닐(Suzanne Dechevaux-Dumesnil)을 테니스 클럽에서 처음 만난다.

1930년 — 3월, 시「훗날을 위해(For Future Reference)」가『트랜지션』에 실린다. 7월, 첫
　　　　 시집『호로스코프(Whoroscope)』가 낸시 커나드(Nancy Cunard)가 이끄는 파리의
　　　　 더 아워즈 출판사(The Hours Press)에서 출간된다(책에 실린 동명의 장시는
　　　　 출판사가 주최한 시문학상에 마감일인 6월 15일 응모해 다음 날 1등으로 선정된
　　　　 것이었다). 맥그리비 등의 주선으로 마르셀 프루스트(Marcel Proust)에 관한
　　　　 에세이 청탁을 받아들이고, 8월 25일 쓰기 시작해 9월 17일 런던의 출판사 채토
　　　　 앤드 윈더스(Chatto and Windus)에 원고를 전달한다. 10월 1일, 트리니티 대학교
　　　　 프랑스어 강사로 부임한다(2년 계약). 11월 중순, 트리니티 대학교의 현대 언어
　　　　 연구회에서 장 뒤 샤(Jean du Chas)라는 이명으로 '집중주의(Le Concentrisme)'에
　　　　 대한 글을 발표한다.

1931년 — 3월 5일, 채토 앤드 윈더스의 '돌핀 북스(Dolphin Books)' 시리즈에서
　　　　 『프루스트(Proust)』가 출간된다. 5월 말, (첫 장편소설의 일부가 될)「독일
　　　　 코미디(German Comedy)」를 쓰기 시작한다. 9월에 시「알바(Alba)」가『더블린

매거진(Dublin Magazine)』에 실린다. 시 네 편이 『더 유러피언 캐러밴(The European Caravan)』에 게재된다. 12월 8일, 문학 석사 학위를 취득한다.

1932년 — 트리니티 대학교 강사직을 사임한다. 2월, 파리로 간다. 3월, 『트랜지션』에 공동 선언문 「시는 수직이다(Poetry is Vertical)」와 (첫 장편소설의 일부가 될) 단편 「앉아 있는 것과 조용히 하는 것(Sedendo et Quiescendo)」을 발표한다. 4월, 시 「텍스트(Text)」가 『더 뉴 리뷰(The New Review)』에 실린다. 7-8월, 런던을 방문해 몇몇 출판사에 첫 장편소설 『그저 그런 여인들에 대한 꿈(Dream of Fair to Middling Women)』(사후 출간)과 시들의 출간 가능성을 타진하지만 거절당하고, 8월 말 더블린으로 돌아간다. 12월, 단편 「단테와 바닷가재(Dante and the Lobster)」가 파리의 『디스 쿼터(This Quarter)』에 게재된다(이 단편은 1934년 첫 단편집의 첫 작품으로 실린다).

1933년 — 2월, 이듬해 출간될 흑인문학 선집 번역 완료. 강단에 다시 서지 않기로 결심한다. 6월 26일, 아버지 윌리엄이 심장마비로 사망한다. 9월, 첫 단편집에 실릴 작품 10편을 정리해 채토 앤드 윈더스에 보낸다.

1934년 — 1월, 런던으로 이사한다. 런던 태비스톡 클리닉의 윌프레드 루프레히트 비온 (Wilfred Ruprecht Bion)에게 정신분석을 받기 시작한다. 2월 15일, 시 「집으로 가지, 올가(Home Olga)」가 『컨템포(Contempo)』에 실린다. 2월 16일, 낸시 커나드가 편집하고 베케트가 프랑스어 작품 19편을 영어로 번역한 『흑인문학: 낸시 커나드가 엮은 선집 1931-3(Negro: Anthology made by Nancy Cunard 1931-1933)』이 런던의 위샤트(Wishart & Co.)에서 출간된다. 5월 24일, 첫 단편집 『발길질보다 따끔함(More Pricks Than Kicks)』이 채토 앤드 윈더스에서 출간된다. 7월, 시 「금언(Gnome)」이 『더블린 매거진』에 실린다. 8월, 단편 「천 번에 한 번(A Case in a Thousand)」이 『더 북맨(The Bookman)』에 실린다.

1935년 — 7월 말, 어머니와 함께 영국을 여행한다. 8월 20일, 장편소설 『머피(Murphy)』를 영어로 쓰기 시작한다. 10월, 태비스톡 인스티튜트에서 열린 융의 세 번째 강의에 윌프레드 비온과 함께 참석한다. 12월, 영어 시 13편이 수록된 시집 『에코의 뼈들 그리고 다른 침전물들(Echo's Bones and Other Precipitates)』이 파리의 유로파 출판사(Europa Press)에서 출간된다. 더블린으로 돌아간다.

1936년 — 6월, 『머피』 탈고. 9월 말 독일로 떠나 그곳에서 7개월간 머문다. 10월, 시 「카스칸도(Cascando)」가 『더블린 매거진』에 실린다.

1937년 — 4월, 더블린으로 돌아온다. 새뮤얼 존슨(Samuel Johnson)과 그 가족을 다룬 영어 희곡 「인간의 소망들(Human Wishes)」을 쓰기 시작한다. 10월 중순, 더블린을 떠나 파리에 정착해 우선 몽파르나스 근처 호텔에 머문다.

1938년 ― 1월 6일, 몽파르나스에서 한 포주에게 이유 없이 칼로 가슴을 찔려 병원에 입원한다. 쉬잔 데슈보뒤메닐이 그를 방문하고, 이들은 곧 연인이 된다. 3월 7일, 『머피』가 런던의 라우틀리지 앤드 선스(Routledge and Sons)에서 장편소설로는 처음 출간된다. 4월 초, 프랑스어로 시를 쓰기 시작하고, 이달 중순부터 파리 15구의 파보리트 가 6번지 아파트에 살기 시작한다. 5월, 시 「판돈(Ooftish)」이 『트랜지션』에 실린다.

1939년 ― 알프레드 페롱과 함께 『머피』를 프랑스어로 번역한다. 7-8월, 더블린에 잠시 돌아가 어머니를 만난다. 9월 3일, 영국과 프랑스가 독일과의 전쟁을 선언하자 이튿날 파리로 돌아온다.

1940년 ― 6월, 프랑스가 독일에 함락되자 쉬잔과 함께 제임스 조이스의 가족이 머물고 있던 비시로 떠난다. 이어 툴루즈, 카오르, 아르카숑으로 이동한다. 아르카숑에서 뒤샹을 만나 체스를 두거나 『머피』를 번역하며 지낸다. 9월, 파리로 돌아온다. 페롱을 만나 다시 함께 『머피』를 프랑스어로 옮기는 한편, 이듬해 그가 속해 있던 레지스탕스 조직에 합류한다.

1941년 ― 1월 13일, 제임스 조이스가 취리히에서 사망한다. 2월 11일, 소설 『와트(Watt)』를 영어로 쓰기 시작한다. 9월 1일, 레지스탕스 조직 글로리아 SMH에 가담해 각종 정보를 영어로 번역한다.

1942년 ― 8월 16일, 페롱이 체포되자 게슈타포를 피해 쉬잔과 함께 떠난다. 9월 4일, 방브에 도착한다. 10월 6일, 프랑스 남부 보클뤼즈의 루시용에 도착한다. 『와트』를 계속 집필한다.

1944년 ― 8월 25일, 파리 해방. 10월 12일, 파리로 돌아온다. 12월 28일, 『와트』를 완성.

1945년 ― 1월, M. A. I. 갤러리와 마그 갤러리에서 각기 열린 네덜란드 화가 판 펠더(van Velde) 형제의 전시회를 계기로 비평 「판 펠더 형제의 회화 혹은 세계와 바지(La Peinture des van Velde ou Le Monde et le pantalon)」를 쓴다. 3월 30일, 무공훈장을 받는다. 4월 30일 혹은 5월 1일 페롱이 사망한다. 6월 9일, 시 「디에프 193?(Dieppe 193?)」[sic]이 『디 아이리시 타임스(The Irish Times)』에 실린다. 8-12월, 아일랜드 적십자사가 세운 노르망디의 생로 군인병원에서 창고관리인 겸 통역사로 자원해 일하며 글을 쓴다. 다시 파리로 돌아온다.

1946년 ― 1월, 시 「생로(Saint-Lô)」가 『디 아이리시 타임스』에 실린다. 첫 프랑스어 단편 「계속(Suite)」(제목은 훗날 '끝[La Fin]'으로 바뀜)이 『레 탕 모데른(Les Temps modernes)』 7월 호에 실린다. 7-10월, 첫 프랑스어 장편소설 『메르시에와 카미에(Mercier et Camier)』를 쓴다. 10월, 전해에 쓴 판 펠더 형제 관련

비평이 『카이에 다르(Cahiers d'Art)』에 실린다. 11월, 전쟁 전에 쓴 열두 편의 시 「시 38-39(Poèmes 38-39)」가 『레 탕 모데른』에 실린다. 10월에 단편 「추방된 자(L'Expulsé)」를, 10월 28일부터 11월 12일까지 단편 「첫사랑(Premier amour)」을, 12월 23일부터 단편 「진정제(Le Calmant)」를 프랑스어로 쓴다.

1947년 ─ 1-2월, 첫 프랑스어 희곡 「엘레우테리아(Eleutheria)」를 쓴다(사후 출간). 4월, 『머피』의 첫 번째 프랑스어판이 파리의 보르다스(Bordas)에서 출간된다. 5월 2일부터 11월 1일까지 『몰로이(Molloy)』를 프랑스어로 쓴다. 11월 27일부터 이듬해 5월 30일까지 『말론 죽다(Malone meurt)』를 프랑스어로 쓴다.

1948년 ─ 예술비평가 조르주 뒤튀(Georges Duthuit)가 주선해 주는 번역 작업에 힘쓴다. 3월 8-27일 뉴욕의 쿠츠 갤러리에서 열린 판 펠더 형제의 전시 초청장에 실릴 글을 쓴다. 5월, 판 펠더 형제에 대한 글 「장애의 화가들(Peintres de l'empêchement)」이 마그 갤러리에서 발행하던 미술 평론지 『데리에르 르 미르와르(Derrière le Miroir)』에 실린다. 6월, 「세 편의 시들(Three Poems)」이 『트랜지션』에 실린다. 10월 9일부터 이듬해 1월 29일까지 희곡 「고도를 기다리며(En attendant Godot)」를 프랑스어로 쓴다.

1949년 ─ 3월 29일, 위시쉬르마른의 한 농장에서 『이름 붙일 수 없는 자(L'Innommable)』를 프랑스어로 쓰기 시작한다. 4월, 「세 편의 시들」이 『포이트리 아일랜드(Poetry Ireland)』에 실린다. 6월, 미술에 대해 뒤튀와 나눴던 대화 중 화가 피에르 탈코트(Pierre Tal-Coat), 앙드레 마송(André Masson), 브람 판 펠더(Bram van Velde)에 관한 내용을 「세 편의 대화(Three Dialogues)」로 정리하기 시작한다. 12월, 「세 편의 대화」가 『트랜지션』에 실린다.

1950년 ─ 1월, 유네스코의 의뢰로 『멕시코 시 선집(Anthology of Mexican Poetry)』 (옥타비오 파스[Octavio Paz] 엮음)을 번역하게 된다. 이달 『이름 붙일 수 없는 자』를 완성한다. 8월 25일, 어머니 메이 사망. 10월 중순, 프랑스 미뉘 출판사(Les Éditions de Minuit) 대표 제롬 랭동(Jérôme Lindon)이 쉬잔이 전한 『몰로이』의 원고를 읽고 이를 출간하기로 한다. 11월 중순, 미뉘와 『몰로이』, 『말론 죽다』, 『이름 붙일 수 없는 자』 등 세 편의 소설 출간 계약서를 교환한다. 12월 24일, 「아무것도 아닌 텍스트들(Textes pour rien)」 1편을 프랑스어로 쓴다.

1951년 ─ 3월 12일, 『몰로이』가 미뉘에서 출간된다. 11월, 『말론 죽다』가 미뉘에서 출간된다. 12월 20일, 「아무것도 아닌 텍스트들」을 총 13편으로 완성한다.

1952년 ─ 가을, 위시쉬르마른에 집을 짓기 시작한다. 베케트가 애호하는 집필 장소가 될 이 집은 이듬해 1월 완공된다. 10월 17일, 『고도를 기다리며』가 미뉘에서 출간된다.

1953년 — 1월 5일, 「고도를 기다리며」가 파리 몽파르나스 라스파유 가의 바빌론 극장에서 초연된다(로제 블랭[Roger Blin] 연출, 피에르 라투르[Pierre Latour], 루시엥 랭부르[Lucien Raimbourg], 장 마르탱[Jean Martin], 로제 블랭 출연). 5월 20일, 『이름 붙일 수 없는 자』가 미뉘에서 출간된다. 7월 말, 패트릭 바울즈(Patrick Bowles)와 함께 『몰로이』를 영어로 옮기기 시작한다. 8월 31일, 『와트』 영어판이 파리의 올랭피아 출판사(Olympia Press)에서 출간된다. 9월 8일, 「고도를 기다리며(Warten auf Godot)」가 베를린 슈로스파크 극장에서 공연된다. 9월 25일, 「고도를 기다리며」가 파리 바빌론 극장에서 다시 공연된다. 10월 말, 다니엘 마우로크(Daniel Mauroc)와 함께 『와트』를 프랑스어로 옮기기 시작한다. 11월 16일부터 12월 12일까지 바빌론 극장이 제작한 「고도를 기다리며」가 순회 공연된다(독일, 이탈리아, 프랑스). 한편 「고도를 기다리며」의 영어 판권 문의가 쇄도하자 베케트는 이를 직접 영어로 옮기기 시작한다.

1954년 — 1월, 미뉘의 『메르시에와 카미에』 출간 제안을 거절한다. 6월, 『머피』의 두 번째 프랑스어판이 미뉘에서 출산된다. 7월, 『말론 죽다』를 영어로 옮기기 시작한다. 8월 말, 『고도를 기다리며(Waiting for Godot)』 영어판이 뉴욕의 그로브 출판사(Grove Press)에서 출간된다. 9월 13일, 형 프랭크가 폐암으로 사망한다. 10월 15일, 『와트』가 아일랜드에서 발매 금지된다. 이해에 희곡 「마지막 승부(Fin de Partie)」를 프랑스어로 쓰기 시작해 1956년에 완성하게 된다. 이해 또는 이듬해에 「포기한 작업으로부터(From an Abandoned Work)」를 영어로 쓴다.

1955년 — 3월, 『몰로이』 영어판이 파리의 올랭피아에서 출간된다. 8월, 『몰로이』 영어판이 뉴욕의 그로브에서 출간된다. 8월 3일, 「고도를 기다리며」의 첫 영어 공연이 런던의 아츠 시어터 클럽에서 열린다(피터 홀[Peter Hall] 연출). 8월 18일, 『말론 죽다』 영어 번역을 마치고, 발레 댄서이자 안무가, 배우였던 친구 데릭 멘델(Deryk Mendel)을 위해 「무언극 I(Acte sans paroles I)」을 쓴다. 9월 12일, 「고도를 기다리며」가 런던의 크라이테리언 극장에서 공연된다. 10월 28일, 「고도를 기다리며」가 더블린의 파이크 극장에서 공연된다. 11월 15일, 「추방된 자」, 「진정제」, 「끝」 등 단편 세 편과 13편의 「아무것도 아닌 텍스트들」이 포함된 『단편들 그리고 아무것도 아닌 텍스트들(Nouvelles et textes pour rien)』이 미뉘에서 출간된다. 12월 8일, 런던에서 열린 「고도를 기다리며」 100회 기념 공연에 참석한다.

1956년 — 1월 3일, 「고도를 기다리며」가 미국 마이애미의 코코넛 그로브 극장에서 공연된다(앨런 슈나이더[Alan Schneider] 연출). 1월 13일, 『몰로이』가 아일랜드에서 발매 금지된다. 2월 10일, 『고도를 기다리며』가 런던의 페이버 앤드 페이버(Faber and Faber)에서 출간된다. 2월 27일, 『이름 붙일 수 없는 자』를 영어로 옮기기 시작한다. 4월 19일, 「고도를 기다리며」가 뉴욕의 존 골든 극장에서 공연된다(허버트 버고프[Herbert Berghof] 연출). 6월, 「포기한 작업으로부터」가 더블린 주간지 『트리니티 뉴스(Trinity News)』에 실린다. 6월 14일부터 9월 23일까지 「고도를 기다리며」가 파리의 에베르토 극장에서 공연된다. 7월, BBC의 요청으로 첫 라디오극 「넘어지는 모든 자들(All That Fall)」을 영어로 쓰기 시작해 9월 말 완성한다. 10월, 『말론 죽다(Malone Dies)』 영어판이 그로브에서 출간된다. 12월, 희곡 「으스름(The Gloaming)」(제목은 훗날 '연극용 초안 I[Rough for Theatre I]'로 바뀜)을 쓰기 시작한다.

957년 — 1월 13일, 「넘어지는 모든 자들」이 BBC 3프로그램에서 처음 방송된다. 1월 말 또는 2월 초, 『마지막 승부 / 무언극(Fin de partie *suivi de* Acte sans paroles)』이 미뉘에서 출간된다. 3월 15일, 『머피』가 그로브에서 출간된다. 4월 3일, 「마지막 승부」가 런던의 로열코트극장에서 프랑스어로 공연되고(로제 블랭 연출, 장 마르탱 주연), 이달 26일 파리의 스튜디오 데 샹젤리제 무대에도 오른다. 베케트는 8월 중순까지 이 작품을 영어로 옮긴다. 8월 24일, 데릭 멘델을 위해 두 번째 『무언극 II(Acte sans paroles II)』를 완성한다. 8월 30일, 『넘어지는 모든 자들』이 페이버에서 출간된다. 로베르 팽제(Robert Pinget)가 베케트와 협업해 프랑스어로 옮긴 「넘어지는 모든 자들(Tous ceux qui tombent)」이 파리의 문학잡지 『레 레트르 누벨(Les Lettres nouvelles)』에 실린다. 「포기한 작업으로부터」가 이해 창간된 뉴욕 그로브 출판사의 문학잡지 『에버그린 리뷰(Evergreen Review)』 1권 3호에 실린다. 10월 말, 「넘어지는 모든 자들」이 미뉘에서 출간된다. 12월 14일, 「포기한 작업으로부터」가 BBC 3프로그램에서 방송된다(패트릭 머기[Patrick Magee] 낭독).

958년 — 1월 28일, 「마지막 승부」의 영어 버전인 「마지막 승부(Endgame)」 공연이 뉴욕의 체리 레인 극장에서 초연된다(앨런 슈나이더 연출). 2월 23일, 『이름 붙일 수 없는 자』의 영어 번역 초안을 완성한다. 3월 6일, 「마지막 승부(Endspiel)」가 빈의 플라이슈마르크트 극장에서 공연된다(로제 블랭 연출). 3월 7일, 『말론 죽다』 영어판이 런던의 존 칼더(John Calder)에서 출간된다. 3월 17일, 희곡 「크래프의 마지막 테이프(Krapp's Last Tape)」를 영어로 완성한다. 4월 25일, 『마지막 승부 / 무언극 I(Endgame, followed by Act Without Words I)』 영어판이 페이버에서 출간된다. 이해에 『포기한 작업으로부터』도 페이버에서 출간된다. 7월, 희곡 「크래프의 마지막 테이프」가 『에버그린 리뷰』에 실린다. 8월, 훗날 「연극용 초안 II[Rough for Theatre II]」가 되는 글을 쓴다. 9월 29일, 『이름 붙일 수 없는 자(The Unnamable)』 영어판이 그로브에서 출간된다. 10월 28일, 「크래프의 마지막 테이프」가 런던의 로열코트극장에서 초연된다(도널드 맥위니[Donald McWhinnie] 연출, 패트릭 머기 주연). 11월 1일, 「아무것도 아닌 텍스트들」 중 1편을 영어로 옮긴다. 12월, 1950년 옮겼던 『멕시코 시 선집』이 미국 블루밍턴의 인디애나 대학교 출판부(Indiana University Press)에서 출간된다. 12월 17일, 훗날 『그게 어떤지(Comment c'est)』의 일부가 되는 「핌(Pim)」을 쓰기 시작한다.

1959년 — 3월, 베케트와 피에르 레리스(Pierre Leyris)가 함께 「크래프의 마지막 테이프」를 프랑스어로 옮긴 「마지막 테이프(La Dernière bande)」가 『레 레트르 누벨』에 실린다. 6월 24일, 라디오극 「타다 남은 불씨들(Embers)」이 BBC 3프로그램에서 방송된다. 7월 2일, 트리니티 대학교에서 명예박사 학위를 받는다. 『몰로이』, 『말론 죽다』, 『이름 붙일 수 없는 자』가 한 권으로 묶여 10월에 파리의 올랭피아에서 『3부작(A Trilogy)』으로, 11월에 뉴욕의 그로브에서 『세 편의 소설(Three Novels)』로 출간된다. 11월, 「타다 남은 불씨들」이 『에버그린 리뷰』에 실린다. 같은 달 짧은 글 「영상(L'Image)」이 영국 문예지 『엑스(X)』에 실리고, 이후 이 글은 『그게 어떤지』로 발전한다. 12월 18일, 『크래프의 마지막 테이프 그리고 타다 남은 불씨들(Krapp's Last Tape and Embers)』이 페이버에서 출간된다. 팽제가 「타다 남은 불씨들」을 프랑스어로 옮긴 「타고 남은 재들(Cendres)」이 『레 레트르 누벨』에 실린다. 이해에 독일 비스바덴의 리메스 출판사(Limes Verlag)에서 베케트의 『시집(Gedichte)』이 출간된다.

1960년 — 1월, 『마지막 테이프/다고 남은 재들(La Dernière bande suivi de Cendres)』이 미뉘에서 출간된다. 1월 14일, 「크래프의 마지막 테이프」가 뉴욕의 프로방스타운 극장에서 공연된다(앨런 슈나이더 연출). 『그게 어떤지』 초고를 완성하고, 8월 초까지 퇴고한다. 3월 27일, 「마지막 테이프」가 파리의 레카미에 극장에서 공연된다(로제 블랭 연출, 르네자크 쇼파르[René-Jacques Chauffard] 주연). 3월 31일, 『세 편의 소설』이 존 칼더에서 출간된다. 4월 27일, 「고도를 기다리며」가 BBC 3프로그램에서 방송된다. 8월, 희곡 「행복한 날들(Happy Days)」을 영어로 쓰기 시작해 이듬해 1월 완성한다. 8월 23일, 로베르 팽제가 프랑스어로 쓴 라디오극 「크랭크(La Manivelle)」를 베케트가 영어로 번역한 「옛 노래(The Old Tune)」가 BBC 3프로그램에서 방송된다(바버라 브레이[Barbara Bray] 연출). 9월 말, 베케트의 번역 「옛 노래」가 함께 수록된 팽제의 『크랭크』가 미뉘에서 출간된다. 리처드 시버(Richard Seaver)와 함께 「추방된 자」를 영어로 옮긴다. 10월 말, 파리 14구 생자크 거리의 아파트로 이사한다. 이해에 『크래프의 마지막 테이프 그리고 다른 희곡들(Krapp's Last Tape, and Other Dramatic Pieces)』이 뉴욕 그로브에서 출간된다.

1961년 — 1월, 『그게 어떤지』가 미뉘에서 출간된다. 2월, 마르셀 미할로비치[Marcel Mihalovici]가 작곡한 가극 「크래프의 마지막 테이프」가 파리의 샤이오 극장과 독일의 빌레펠트에서 공연된다. 3월 25일, 영국 동남부 켄트의 포크스턴에서 쉬잔과 결혼한다. 파리로 돌아온 직후부터 6월 초까지 「행복한 날들」의 원고를 개작해 그로브에 송고한다. 4월 3일, 뉴욕의 WNTA TV에서 「고도를 기다리며」가 방송된다(앨런 슈나이더 연출). 5월 3일, 「고도를 기다리며」가 파리의 오데옹극장에서 공연된다. 5월 4일, 호르헤 루이스 보르헤스(Jorge Luis Borges)와 공동으로 국제 출판인상을 수상한다. 6월 26일, 「고도를 기다리며」가 BBC 텔레비전에서 방송된다(도널드 맥위니 연출). 7월 15일, 『그게 어떤지』를 영어로 옮기기 시작한다. 9월, 『행복한 날들』이 그로브에서 출간된다. 9월 17일, 「행복한 날들」이 뉴욕 체리 레인 극장에서 초연된다(앨런 슈나이더 연출). 11월 말, 라디오극 「말과 음악(Words and Music)」을 쓴다(존 베케트[John Beckett] 작곡). 12월, '음악과 목소리를 위한 라디오극' 「카스칸도(Cascando)」를 프랑스어로 처음 쓴다(마르셀 미할로비치 작곡). 『영어로 쓴 시(Poems in English)』가 칼더 앤드 보야즈(Calder and Boyars, 출판사 존 칼더가 1963년부터 1975년까지 사용했던 이름)에서 출간된다.

1962년 ― 1월, 단편 「추방된 자(The Expelled)」의 영어 버전이 『에버그린 리뷰』에 실린다. 5월, 희곡 「연극(Play)」을 영어로 쓰기 시작해 7월에 완성한다. 5월 22일, 「마지막 승부」가 BBC 3프로그램에서 방송된다(앨런 깁슨[Alan Gibson] 연출). 6월 15일, 『행복한 날들』이 페이버에서 출간된다. 11월 1일, 「행복한 날들」이 런던 로열코트극장에서 공연된다. 11월 13일, 「말과 음악」이 BBC 3프로그램에서 방송된다. 「말과 음악」이 『에버그린 리뷰』에 실린다.

1963년 ― 1월 25일, 「넘어지는 모든 자들」이 프랑스 텔레비전에서 방송된다. 2월, 『오 행복한 날들(Oh les beaux jours)』 프랑스어판이 미뉘에서 출간된다. 3월 20일, 『영어로 쓴 시(Poems in English)』가 그로브에서 출간된다. 4월 5-13일, 시나리오 「필름(Film)」을 쓴다. 6월 14일, 독일 울름에서 「연극」의 독일어 버전인 「유희(Spiel)」가 공연되고, 베케트는 공연 제작을 돕는다(데릭 멘델 연출). 7월 4일, 「아무것도 아닌 텍스트들」 13편을 영어로 옮기기 시작한다. 9월 말, 「오 행복한 날들」이 베네치아 연극 페스티벌에서 공연되고(로제 블랭 연출, 마들렌 르노[Madeleine Renaud], 장루이 바로[Jean-Louis Barrault] 주연), 이어 10월 말 파리 오데옹극장 무대에 오른다. 10월 13일, 「카스칸도」가 프랑스 퀼튀르에서 방송된다(로제 블랭 연출, 장 마르탱 목소리 출연). 이해 독일 프랑크푸르트의 주어캄프 출판사(Suhrkamp Verlag)에서 베케트의 『극작품(Dramatische Dichtungen)』 1권(총 3권)이 출간된다(「고도를 기다리며」, 「마지막 승부」, 「무언극 I」, 「무언극 II」, 「카스칸도」 등 수록).

1964년 ― 1월 4일, 「연극」이 뉴욕의 체리 레인 극장에서 공연된다(앨런 슈나이더 연출). 2월 17일, 「마지막 승부」 영어 공연이 파리의 샹젤리제 스튜디오에서 열린다(잭 맥고런[Jack MacGowran] 연출, 패트릭 머기 주연). 3월, 『연극 그리고 두 편의 라디오 단막극(Play and Two Short Pieces for Radio)』이 페이버에서 출간된다(「연극」, 「카스칸도」, 「말과 음악」 수록). 4월 7일, 「연극」이 런던의 국립극장 올드빅에서 공연된다. 4월 30일, 『그게 어떤지(How it is)』 영어판이 런던의 칼더 앤드 보야즈에서 출간된다. 6월, 「연극」을 프랑스어로 옮긴 「코메디(Comédie)」가 『레 레트르 누벨』에 게재된다. 6월 11일, 「코메디」가 파리 루브르박물관의 마르상 관에서 초연된다(장마리 세로[Jean-Marie Serreau] 연출). 7월 9일, 로열셰익스피어극단이 제작한 「마지막 승부」가 런던의 알드위치 극장에서 공연된다. 7월 10일부터 8월 초까지 뉴욕에서 「필름」 제작을 돕는다(앨런 슈나이더 감독, 버스터 키턴[Buster Keaton] 주연). 8월 말, 훗날 「잘못된 출발들(Faux départs)」이 될 글을 쓰기 시작한다. 10월 6일, 「카스칸도」가 BBC 3프로그램에서 방송된다. 12월 30일, 「고도를 기다리며」가 런던의 로열코트극장에서 공연된다(앤서니 페이지[Anthony Page] 연출).

1965년 — 1월, 희곡 「왔다 갔다(Come and Go)」를 영어로 쓴다. 3월 21일, 「왔다 갔다」의 프랑스어 번역을 마친다. 4월 13일부터 5월 1일까지 첫 텔레비전용 스크립트 「어이 조(Eh Joe)」를 영어로 쓴다. 5월 6일, 『고도를 기다리며』무삭제판이 페이버에서 출간된다. 7월 3일, 「어이 조」의 프랑스어 번역을 마친다. 7월 4-8일, 봄에 프랑스어로 쓴 단편 「죽은 상상력 상상해 보라(Imagination morte imaginez)」를 영어로 옮긴다. 프랑스어로 쓴 「죽은 상상력 상상해 보라」는 『레 레트르 누벨』에 게재되고 미뉘에서 출간된다. 영어로 번역된 「죽은 상상력 상상해 보라(Imagination Dead Imagine)」는 런던이 『더 선데이 타임스(The Sunday Times)』에 실리고 칼더 앤드 보야즈에서 출간된다. 8월 8-14일, 「말과 음악」을 프랑스어로 옮긴다. 9월 4일, 「필름」이 베네치아 국제영화제에서 상영되고, 젊은 비평가상을 수상한다. 이날 단편 「충분히(Assez)」를 프랑스어로 쓰기 시작한다. 10월 18일, 로베르 팽제의 「가설(L'Hypothèse)」이 파리 근대 미술관에서 공연된다(베케트와 피에르 샤베르[Pierre Chabert] 공동 연출). 11월, 「소멸자(Le Dépeupleur)」를 프랑스어로 쓰기 시작한다.

1966년 — 1월, 『코메디 및 기타 극작품(Comédie et Actes divers)』이 미뉘에서 출간된다(「코메디」, 「왔다 갔다[Va-et-vient]」, 「카스칸도」, 「말과 음악[Paroles et musique]」, 「어이 조[Dis Joe]」, 「무언극 II」 수록). 2월 28일, 「왔다 갔다」와 팽제의 「가설」(베케트 연출)이 파리 오데옹극장에서 공연된다. 4월 13일, 베케트의 60회 생일을 기념해 「어이 조(He Joe)」가 독일 국영방송 SDR(남부독일방송)에서 처음 방송된다(베케트 연출). 7월 4일, 「어이 조」가 BBC 2프로그램에서 방송된다. 7-8월, 「쿵(Bing)」을 프랑스어로 쓴다. 『충분히』, 『쿵』이 미뉘에서 출간된다. 11-12월 초, 「아무것도 아닌 텍스트들」을 영어로 옮긴다.

1967년 — 녹내장 진단을 받는다. 뤼도빅(Ludovic)과 아녜스 장비에(Agnès Janvier), 베케트가 함께 옮긴 『포기한 작업으로부터(D'un ouvrage abandonné)』가 미뉘에서 출간된다. 단편집 『죽은-머리들(Têtes-mortes)』이 미뉘에서 출간된다(「충분히」, 「죽은 상상력 상상해 보라」, 「쿵」 수록). 6월, 『어이 조 그리고 다른 글들(Eh Joe and Other Writings)』이 페이버에서 출간된다. 7월, 『왔다 갔다』가 칼더 앤드 보야즈에서 출간된다(「어이 조」, 「무언극 II[Act Without Words II]」, 「필름」 수록). 『카스칸도 그리고 다른 단막극들(Cascando and Other Short Dramatic Pieces)』이 그로브에서 출간된다(「카스칸도」, 「말과 음악」, 「어이 조」, 「연극」, 「왔다 갔다」, 「필름」 수록). 8월 중순부터 9월 말까지 베를린에 머물며

실러 극장 무대에 오를 「마지막 승부(Endspiel)」 연출을 준비하고, 9월 26일
공연한다. 11월, 베케트가 1945년부터 1966년까지 쓴 단편들을 묶은 『아니요의
칼(No's Knife)』이 칼더 앤드 보야즈에서 출간된다. 12월, 『단편들 그리고
아무것도 아닌 텍스트들(Stories and Texts for Nothing)』이 그로브에서 출간된다.
이해에 토머스 맥그리비가 사망한다.

1968년 — 3월, 프랑스어로 쓴 시들을 엮은 『시집(Poèmes)』이 미뉘에서 출간된다.
5월, 폐에서 종기가 발견되어 술과 담배를 끊는 등 여름 내내 치유에 힘쓴다.
「소멸자」의 일부인 『출구(L'Issue)』가 파리의 조르주 비자(Georges Visat)에서
출간된다. 12월, 뤼도빅과 아네스 장비에, 베케트가 함께 옮긴 『와트』가 미뉘에서
출간된다. 이달 초부터 이듬해 3월 초까지 포르투갈에 머물며 휴식을 취한다.
이해에 희곡 「숨소리(Breath)」를 영어로 쓴다.

1969년 — 「없는(Sans)」을 프랑스어로 쓴다. 6월 16일, 뉴욕의 에덴 극장에서 「숨소리」가
공연된다. 8월 말, 10월 5일 실러 극장에서 직접 연출해 선보일 「크래프의 마지막
테이프(Das letzte Band)」 공연 준비차 베를린을 방문하고, 그곳에서 「없는」을
영어로 옮기기 시작한다. 10월, 영국 글래스고의 클로스 시어터 클럽에서
「숨소리」가 공연된다. 10월 초, 요양차 튀니지로 떠난다. 10월 23일, 노벨 문학상
수상. 미뉘 출판사 대표 제롬 랭동이 대신 시상식에 참여한다. 『없는』이 미뉘에서
출간된다.

1970년 — 3월 8일, 영국 옥스퍼드 극장에서 「숨소리」가 공연된다. 4월 29일, 파리의
레카미에 극장에서 「마지막 테이프」를 연출한다. 같은 달, 1946년 집필했으나
당시 베케트가 출간을 거부했던 장편 『메르시에와 카미에(Mercier et Camier)』와
단편 『첫사랑(Premier Amour)』이 미뉘에서 출간된다. 7월, 「없는」을 영어로 옮긴
『없어짐(Lessness)』이 칼더 앤드 보야즈에서 출간된다. 9월, 『소멸자』가 미뉘에서
출간된다. 10월 중순 백내장으로 인해 왼쪽 눈 수술을 받는다.

1971년 — 2월 중순, 오른쪽 눈 수술을 받는다. 「숨소리(Souffle)」 프랑스어 버전이 『카이에
뒤 슈맹(Cariers du Chemin)』 4월 호에 실린다. 8–9월, 베를린을 방문해 9월
17일 「행복한 날들(Glückliche Tage)」을 실러 극장에서 연출한다. 10–11월, 요양차
몰타에 머문다.

1972년 — 2월, 모로코에 머문다. 3월 말, 무대에 '입'만 등장하는 모놀로그 「나는
아니야(Not I)」를 영어로 쓴다. 『소멸자』를 영어로 옮긴 『잃어버린 자들(The
Lost Ones)』이 런던의 칼더 앤드 보야즈와 뉴욕의 그로브에서 출간된다.
『잃어버린 자들』 일부가 '북쪽(The North)'이라는 제목으로 런던의 이니사먼
출판사(Enitharmon Press)에서 출간된다. 단편집 『죽은-머리들』 증보판이
미뉘에서 출간된다(「없는」 추가 수록). 「필름 / 숨소리(Film suivi de Souffle)」가

미뉘에서 출간되고, 이해 출간된 『코메디 및 기타 극작품』 증보판에 수록된다. 『숨소리 그리고 다른 단막극들(Breath and Other Short Plays)』이 페이버에서 출간된다. 11월 22일, 「나는 아니야」가 '사뮈엘 베케트 페스티벌'의 일환으로 뉴욕 링컨센터에서 공연된다(앨런 슈나이더 연출, 제시카 탠디[Jessica Tandy] 주연).

1973년 — 1월 16일, 「나는 아니야」가 런던 로열코트극장에서 공연된다(베케트와 앤서니 페이지 공동 연출, 빌리 화이트로[Billie Whitelaw] 주연). 같은 달 「나는 아니야」가 페이버에서 출간된다. 2월, 『첫사랑』의 영어 번역을 마친다. 『나는 아니야』를 프랑스어로, 『메르시에와 카미에』를 영어로 옮기기 시작한다. 7월, 『첫사랑(First Love)』이 칼더 앤드 보야즈에서 출간된다. 8월, 「이야기된바(As the Story Was Told)」를 쓴다. 이 글은 이해 독일의 주어캄프에서 출간된 시인 귄터 아이히(Günter Eich) 기념 책자에 수록된다.

1974년 — 『첫사랑 그리고 다른 단편들(First Love and Other Shorts)』가 그로브에서 출간된다(「포기한 작업으로부터」, 「충분히[Enough]」, 「죽은 상상력 상상해 보라」, 「땡[Ping]」, 「나는 아니야」, 「숨소리」 수록). 『메르시에와 카미에(Mercier and Camier)』가 런던의 칼더 앤드 보야즈와 뉴욕의 그로브에서 출간된다. 6월, 「나는 아니야」에 비견되는 실험적인 희곡 「그때는(That Time)」을 쓰기 시작해 이듬해 8월 완성한다.

1975년 — 3월 8일, 베를린 실러 극장에서 「고도를 기다리며」를 연출한다. 4월 8일, 파리 오르세 극장에서 「나는 아니야(Pas moi)」(마들렌 르노 주연)와 「마지막 테이프」를 연출한다. 희곡 「발소리(Footfalls)」를 영어로 쓰기 시작해 11월에 완성한다. 텔레비전용 스크립트 「고스트 트리오(Ghost Trio)」를 영어로 쓴다. 12월, 「다시 끝내기 위하여(Pour finir encore)」를 쓴다.

1976년 — 2월, 단편집 『다시 끝내기 위하여 그리고 다른 실패작들(Pour finir encore et autres foirades)』이 미뉘에서 출간된다. 5월 말, 베케트의 일흔 번째 생일을 기념해 런던의 로열코트극장에서 「발소리」(베케트 연출, 빌리 화이트로 주연)와 「그때는」(도널드 맥위니 연출, 패트릭 머기 주연)이 공연된다. 『그때는』이 페이버에서 출간된다. 8월, 「죽은 상상력 상상해 보라」를 쓰기 전해인 1964년에 영어로 쓴 글 「모든 이상한 것이 사라지고(All Strange Away)」가 에드워드 고리(Edward Gorey)의 에칭화와 함께 뉴욕의 고담 북 마트(Gotham Book Mart)에서 출간된다. 10월 1일, 「그때는(Damals)」과 「발소리(Tritte)」를 베를린 실러 극장에서 연출한다. 10-11월, 텔레비전용 스크립트 「오직 구름만이…(…but the clouds…)」를 영어로 쓴다. 12월, 『발소리』가 페이버에서 출간된다. 「고스트 트리오」를 처음 수록한 8편의 희곡집 『허접쓰레기들(Ends and Odds)』이 그로브에서 출간된다. 산문 모음 『실패작들(Foirades / Fizzles)』이 뉴욕의 페테르부르크 출판사(Petersburg Press)에서 프랑스어와 영어로 출간되고,

『다시 끝내기 위하여 그리고 다른 실패작들(For to End Yet Again and Other Fizzles)』이 런던의 존 칼더에서, 『실패작들(Fizzles)』이 뉴욕의 그로브에서 출간된다.

1977년 — 3월, 『동반자(Company)』를 영어로 쓰기 시작한다. 『영어와 프랑스어로 쓴 시 전집(Collected Poems in English and French)』이 런던의 칼더와 뉴욕의 그로브에서 출간된다. 4월 17일, 「나는 아니야」, 「고스트 트리오」, 「오직 구름만이…」가 '그늘(Shades)'이라는 타이틀 아래 영국 BBC 2프로그램에서 방송된다(앤서니 페이지, 도널드 맥위니 연출). 10월, '죽음'에 대해 말하는 남자에 대한 작품을 써 달라는 배우 데이비드 워릴로우(David Warrilow)의 요청으로 「독백극(A Piece of Monologue)」을 쓰기 시작한다. 11월 1일, 남부독일방송에서 제작된 「고스트 트리오(Geistertrio)」와 「오직 구름만이…(Nur noch Gewölk)」, 그리고 영국에서 방송되었던 빌리 화이트로 버전의 「나는 아니야」가 '그늘(Schatten)'이라는 타이틀 아래 RFA에서 방송된다(베케트 연출). 전해에 그로브에서 출간된 동명의 희곡집에 「오직 구름만이…」를 추가로 수록한 『허접쓰레기들』이 페이버에서 출간된다. 『발소리(Pas)』가 미뉘에서 출간된다.

1978년 — 『발소리/네 편의 밑그림(Pas suivi de Quatre esquisses)』이 미뉘에서 출간된다(「발소리」, 「연극용 초안 I & II(Fragment de théâtre I & II)」, 「라디오용 스케치(Pochade radiophonique)」, 「라디오용 밑그림(Esquisse radiophonique)」). 4월 11일, 「발소리」와 「나는 아니야」가 파리의 오르세 극장에서 공연된다(베케트 연출, 마들렌 르노 주연). 8월, 『시들/풀피리 노래들(Poèmes suivi de mirlitonnades)』이 미뉘에서 출간된다. 「그때는」을 프랑스어로 옮긴 『이번에는(Cette fois)』이 미뉘에서 출간된다. 10월 6일, 「유희」를 베를린 실러 극장에서 연출한다.

1979년 — 4월 말, 「독백극」을 완성한다. 6월, 런던의 로열코트극장에서 「행복한 날들」이 공연된다(베케트 연출). 9월, 『동반자』를 완성하고 프랑스어로 옮기기 시작한다. 『동반자』가 런던 칼더에서 출간된다. 10월 말, 『잘 못 보이고 잘 못 말해진(Mal vu mal dit)』을 쓰기 시작한다. 12월 14일, 「독백극」이 뉴욕의 라 마마 실험 극장 클럽에서 초연된다(데이비드 워릴로우 연출 및 주연).

1980년 — 『동반자(Compagnie)』가 파리 미뉘에서 출간된다. 5월, 런던의 리버사이드 스튜디오에서 샌 퀜틴 드라마 워크숍의 일환으로 창립자 릭 클루치(Rick Cluchey)와 함께 「마지막 승부」를 공동 연출한다. 이듬해 75번째 생일을 기념해 뉴욕 주 버펄로에서 열리는 심포지엄에서 선보일 「자장가(Rockaby)」를 쓰고(앨런 슈나이더 연출, 빌리 화이트로 주연), 역시 이듬해 미국 오하이오 주립 대학에서 열릴 베케트 심포지엄의 의뢰로 「오하이오 즉흥곡(Ohio Impromptu)」을 쓴다(앨런 슈나이더 연출).

1981년 — 1월 말, 『잘 못 보이고 잘 못 말해진』을 완성한다. 3월, 『잘 못 보이고 잘 못
말해진』이 미뉘에서 출간된다. 『자장가 그리고 다른 짧은 글들(Rockaby and
Other Short Pieces)』이 그로브에서 출간된다(「오하이오 즉흥곡」, 「자장가」,
「독백극」 등 수록). 4월, 텔레비전용 스크립트 「콰드(Quad)」를 영어로 쓴다.
7월, 종종 협업해 온 화가 아비그도르 아리카(Avigdor Arikha)를 위해 짧은 글
「천장(Ceiling)」을 영어로 쓰기 시작한다(훗날 에디트 푸르니에[Edith Fournier]가
옮긴 프랑스어 제목은 'Plafond'). 8월, 『최악을 향하여(Worstward Ho)』를
영어로 쓰기 시작해 이듬해 3월 완성한다(에디트 푸르니에가 베케트와 미리
상의한 후 1991년 펴낸 프랑스어 번역본의 제목은 'Cap au pire'). 10월 8일, 독일
SDR에서 제작된 「콰드」가 '정방형 I+II(Quadrat I+II)'라는 제목으로 RFA에서
방송된다(베케트 연출). 같은 달 『잘 못 보이고 잘 못 말해진(Ill Seen Ill Said)』이
그로브에서 출간된다. 베케트 탄생 75주년을 기념해 파리에서 '사뮈엘 베케트
페스티벌'이 개최된다.

1982년 — 체코 대통령이자 극작가였던 바츨라프 하벨(Václav Havel)에게 헌정하는
희곡 「대단원(Catastrophe)」을 쓴다. 7월 20일, 「대단원」이 아비뇽 페스티벌에서
초연된다. 『독백극 / 대단원(Solo suivi de Catastrophe)』과 『대단원 그리고
또 다른 소극들(Catastrophe et autres dramaticules)』, 『자장가 / 오하이오
즉흥곡(Berceuse suivi de Impromptu d'Ohio)』이 미뉘에서 출간된다. 『특별히
묶은 세 편의 희곡(Three Occasional Pieces)』이 페이버에서 출간된다(「독백극」,
「자장가」, 「오하이오 즉흥곡」 수록). 『잘 못 보이고 잘 못 말해진』이 칼더에서
출간된다. 마지막 텔레비전용 스크립트 「밤과 꿈(Nacht und Träume)」을 영어로
쓰고 독일 SDR에서 연출한다(이듬해 5월 19일 RFA에서 방송됨). 12월 16일,
「콰드」가 영국 BBC 2프로그램에서 방송된다.

1983년 — 2-3월, 9월에 오스트리아 그라츠에서 열리는 슈타이리셔 헤르프스트
페스티벌의 요청으로 희곡 「무엇을 어디서」를 프랑스어로 쓰고('Quoi Où') 영어로
옮긴다('What Where'). 이 작품은 베케트가 집필한 마지막 희곡이 된다. 4월,
『최악을 향하여』가 칼더에서 출간된다. 9월, 베케트가 1929년부터 1967년까지
썼던 비평 및 공연되지 않은 극작품 「인간의 소망들」 등이 포함된 『소편(小片)들:
잡문들 그리고 연극적 단편 한 편(Disjecta: Miscellaneous Writings and
a Dramatic Fragment)』(루비 콘[Ruby Cohn] 엮음)이 칼더에서 출간된다.
『오하이오 즉흥곡, 대단원, 무엇을 어디서(Ohio Impromptu, Catastrophe,
What Where)』가 그로브에서 출간된다. 「독백극」, 「이번에는」이 파리 생드니의
제라르 필리프 극장에서 프랑스어로 공연된다(데이비드 워릴로우 주연). 「자장가」,
「오하이오 즉흥곡」, 「대단원」이 파리 롱푸앵 극장 무대에 오른다(피에르 샤베르
연출). 6월 15일, 「무엇을 어디서」, 「대단원」, 「오하이오 즉흥곡」이 뉴욕의 해럴드
클러먼 극장에서 공연된다(앨런 슈나이더 연출).

1984년 — 2월, 런던을 방문해 샌 퀜틴 드라마 워크숍에서 준비하는 「고도를 기다리며」를 감독한다(발터 아스무스[Waltet Asmus] 연출, 3월 13일 애들레이드 아츠 페스티벌에서 초연됨). 『대단원』이 칼더에서 출간된다. 『단막극 전집(Collected Shorter Plays)』이 런던의 페이버와 뉴욕의 그로브에서 출간되고, 『시 전집 1930-78(Collected Poems, 1930-1978)』이 런던의 칼더에서 출간된다. 8월, 에든버러 페스티벌에서 '베케트 시즌'이 열린다. 런던에서 오스트레일리아 순회공연을 위해 「고도를 기다리며」, 「마지막 승부」, 「크래프의 마지막 테이프」 연출을 감독한다.

1985년 — 마드리드와 예루살렘에서 베케트 페스티벌이 열린다. 6월, 「무엇을 어디서(Was Wo)」를 텔레비전 방송용으로 개작해 독일 SDR에서 연출한다(이듬해 4월 13일 방송됨). 「천장」이 실린 책 『아리카(Arikha)』가 파리의 에르만(Hermann)과 런던의 템스 앤드 허드슨(Thames and Hudson)에서 출간된다.

1986년 — 베케트 탄생 80주년을 기념해 4월에 파리에서, 8월에 스코틀랜드 스털링에서 사뮈엘 베케트 페스티벌이 열린다. 폐 질환이 시작된다.

1988년 — 마지막 글이 될 「떨림(Stirrings Still)」을 영어로 완성한다. 이 글은 뉴욕의 블루 문 북스(Blue Moon Books)와 런던의 칼더에서 출간된다. 『영상』이 미뉘에서, 『단편 산문 전집 1945-80(Collected Shorter Prose, 1945-1980)』이 칼더에서 출간된다. 7월, 쉬잔과 함께 요양원 르 티에르탕에 들어간다. 그곳에서 프랑스 시 「어떻게 말할까(Comment dire)」와 영어 시 「무어라 말하나(What is the Word)」를 쓴다.

1989년 — 『동반자』, 『잘 못 보이고 잘 못 말해진』, 『최악을 향하여』가 수록된 『계속할 도리가 없는(Nohow On)』이 뉴욕의 리미티드 에디션스 클럽(Limited Editions Club)과 런던의 칼더에서 출간된다(그로브에서는 1995년 출간됨). 『떨림(Stirrings Still)』을 프랑스어로 옮긴 『떨림(Soubresauts)』과 1940년대에 판 펠더 형제에 대해 썼던 미술 비평 『세계와 바지(Le Monde et le pantalon)』가 미뉘에서 출간된다(「장애의 화가들[Peintres de l'empêchement]」은 1991년 증보판에 수록).
    7월 17일, 쉬잔 사망. 12월 22일, 베케트 사망. 파리의 몽파르나스 묘지에 함께 안장된다.

작품 연표

영어

1929년
비평문 「단테…브루노. 비코··조이스
(Dante...Bruno. Vico..Joyce)」
단편 「승천(Assumption)」
기타 단편들

1930년
시집 『호로스코프(Whoroscope)』(1930)
비평집 『프루스트(Proust)』(1931)
단편들

1930-2년
장편 『그저 그런 여인들에 대한 꿈(Dream
of Fair to Middling Women)』
(사후 출간)

1932-3년
시들
단편집 『발길질보다 따끔함(More Pricks
Than Kicks)』(1934)

1934-5년
시집 『에코의 뼈들 그리고 다른
침전물들(Echo's Bones and Other
Precipitates)』(1935)

1935-6년
장편 『머피(Murphy)』(1938)

1937년
희곡 「인간의 소망들(Human
Wishes)」(1983)

1941-5년
장편 『와트(Watt)』(1953)

프랑스어

1937-40년
시들
『머피(Murphy)』(알프레드 페롱과 공동
번역, 1947년 출간)

1945년
미술 비평 「세계와 바지(Le Monde et le
pantalon)」(1989)

1946년

단편 「끝(La Fin)」(1955)

장편 『메르시에와 카미에(Mercier et Camier)』(1970)

단편 「추방된 자(L'Expulsé)」(1955)

단편 「첫사랑(Premier amour)」(1970)

단편 「진정제(Le Calmant)」(1955)

1947년

희곡 「엘레우테리아(Eleutheria)」(1995)

1947-8년

장편 『몰로이(Molloy)』(1951)

장편 『말론 죽다(Malone meurt)』(1951)

미술 비평 「장애의 화가들(Peintres de l'empêchement)」(1989)

1948-9년

희곡 「고도를 기다리며(En attendant Godot)」(1952)

1949년

미술 비평 「세 편의 대화(Three Dialogues)」(사후 출간)

1949-50년

장편 『이름 붙일 수 없는 자 (L'Innommable)』(1953)

1950-1년

단편 모음 「아무것도 아닌 텍스트들 (Textes pour rien)」(1955)

1953-4년

장편 『몰로이(Molloy)』(패트릭 바울즈와 공동 번역, 1955년 출간)

희곡 『고도를 기다리며(Waiting for Godot)』(1954)

1954-5년

장편 『말론 죽다(Malone Dies)』(1956)

1955(?)년

단편 「포기한 작업으로부터(From an Abandoned Work)」(1958)

1954-6년

희곡 「마지막 승부(Fin de Partie)」(1957)

희곡 「무언극 I(Acte sans paroles I)」 (1957)

1956년
라디오극 「넘어지는 모든 자들(All That Fall)」(1957)

1956-7년
희곡 「으스름(The Gloaming)」
장편 『이름 붙일 수 없는 자(The Unnamable)』(1958)

1957년
희곡 「마지막 승부(Endgame)」(1958)

1958년
희곡 「크래프의 마지막 테이프(Krapp's Last Tape)」(1959)
단편 「아무것도 아닌 텍스트 I(Text for Nothing I)」
라디오극 「타다 남은 불씨들(Embers)」(1959)

1960-61년
희곡 「행복한 날들(Happy Days)」(1961)
단편 「추방된 자」(리처드 시버와 공동 번역, 1967년 출간)

1961년
라디오극 「말과 음악(Words and Music)」(1964)

1961-2년
장편 『그게 어떤지(How it is)』(1964)

1962-3년
희곡 「연극(Play)」(1964)
「연극용 초안 I & II(Rough for Theatre I & II)」(1976)
「라디오용 초안 I & II(Rough for Radio I & II)」(1976)

1963년
라디오극 「카스칸도(Cascando)」(1964)
시나리오 「필름(Film)」(1964년 제작, 1965년 상영, 1967년 출간)

1957년
라디오극 「넘어지는 모든 자들(Tous ceux qui tombent)」(로베르 팽제와 공동 번역, 1957년 출간)
「무언극 II(Acte sans paroles II)」(1966)

1958-9년
희곡 「마지막 테이프(La Dernière bande)」(피에르 레리스와 공동 번역, 1960년 출간)

1959-60년
장편 『그게 어떤지(Comment c'est)』(1961)

「연극용 초안 I & II(Fragment de théâtre I & II)」(1950년대 후반 집필, 1978년 출간)

1961년
라디오극 「카스칸도(Cascando)」(1963)
「라디오용 스케치(Pochade radiophonique)」(1978)
「라디오용 밑그림(Esquisse radiophonique)」(1978)

1962년
희곡 「오 행복한 날들(Oh les beaux jours)」(1963)

1963-4년
희곡 「코메디(Comédie)」(1966)

1963–6년
단편 모음 「아무것도 아닌 텍스트들
(Texts for Nothing)」(1967)

1964–5년
단편 「모든 이상한 것이 사라지고
(All Strange Away)」(1976)

1965년
희곡 「왔다 갔다(Come and Go)」 (1)*
(1967)
텔레비전용 스크립트 「어이 조(Eh Joe)」
(1) (1967)
단편 「죽은 상상력 상상해 보라
(Imagination Dead Imagine)」 (2) (1974)

1965–6년
단편 「충분히(Enough)」 (2) (1974)
단편 「땡(Ping)」(1974)

1965년
희곡 「왔다 갔다(Va-et-vient)」 (2) (1966)
단편 「죽은 상상력 상상해 보라
(Imagination morte imaginez)」 (1)
(1967)
텔레비전용 스크립트 「어이 조(Dis Joe)」
(2) (1966)
라디오극 「말과 음아(Paroles et
musique)」(1966)
단편 「충분히(Assez)」 (1) (1966)

1965–6년
단편 「소멸자(Le Dépeupleur)」(1970)

1966년
단편 「쿵(Bing)」(1966)

1968년
희곡 「숨소리(Breath)」(1972)

1966–8년
장편 『와트(Watt)』(아네스 & 뤼도빅
장비에와 공동 번역, 1968년 출간)

1969년
단편 「없어짐(Lessness)」 (2) (1970)

1969년
단편 「없는(Sans)」 (1) (1969)
희곡 「숨소리(Souffle)」(1972)

단편 모음 「실패작들(Foirades)」
(1960년대 집필, 1976년 출간)

1971–2년
단편 「잃어버린 자들(The Lost Ones)」
(1972)

1971년
시나리오 「필름(Film)」(1972)

---

* 제목 옆의 숫자 (1), (2)는 집필 연도가 같은 작품들의 집필 순서를 표시한 것이다.

1972-3년

희곡「나는 아니야(Not I)」(1973)

단편「첫사랑(First Love)」(1973)

단편「정적(Still)」(1973)

단편「소리들(Sounds)」(1978)

단편「정적 3(Still 3)」(1978)

단편「움직이지 않는(Immobile)」(1976)

1973년

장편『메르시에와 카미에(Mercier and Camier)』(1974)

단편「이야기된바(As the Story Was Told)」(1973)

1973년

희곡「나는 아니야(Pas moi)」(1975)

1973-4년

단편 모음「실패작들(Fizzles)」(1976)

1974-5년

희곡「그때는(That Time)」(1976)

1974-5년

희곡「이번에는(Cette fois)」(1978)

1975년

단편「다시 끝내기 위하여(For to End Yet Again)」(2) (1976)

희곡「발소리(Footfalls)」(1) (1976)

텔레비전용 스크립트「고스트 트리오 (Ghost Trio)」(1976)

1975년

단편「다시 끝내기 위하여(Pour finir encore)」(1) (1976)

희곡「발소리(Pas)」(2) (1978)

1976년

텔레비전용 스크립트「오직 구름만이… (…but the clouds…)」(1977)

1976-8년

「풀피리 노래들(Mirlitonnades)」(1978)

1977-9년

단편「동반자(Company)」(1979)

희곡「독백극(A Piece of Monologue)」(1981)

1979-80년

단편「잘 못 보이고 잘 못 말해진(Ill Seen Ill Said)」(1981)

희곡「자장가(Rockaby)」(1981)

희곡「오하이오 즉흥곡(Ohio Impromptu)」(1981)

1979년

단편「동반자(Compagnie)」(1980)

1979-82년

희곡「독백극(Solo)」(1982)

1981년

텔레비전용 스크립트 「콰드(Quad)」
(1982)

단편 「천장(Ceiling)」(1985)

1981–2년

단편 「최악을 향하여(Worstward Ho)」
(1983)

텔레비전용 스크립트 「밤과 꿈(Nacht und
Träume)」(1984)

1983년

희곡 「무엇을 어디서(What Where)」(2)
(1983)

희곡 「대단원(Catastrophe)」(1983)

1983–7년

딘편 「떨림(Stirrings Still)」(1988)

1989년

시 「무어라 말하나(What is the Word)」

1981년

단편 「잘 못 보이고 잘 못 말해진(Mal vu
mal dit)」(1981)

1982년

희곡 「자장가(Berceuse)」(1982)

희곡 「오하이오 즉흥곡(Impromptu
d'Ohio)」(1982)

희곡 「대단원(Catastrophe)」(1982)

1983년

희곡 「무엇을 어디서(Quoi Où)」(1) (1983)

1988년

시 「어떻게 말할까(Comment dire)」

단편 「떨림(Soubresauts)」(1989)

사뮈엘 베케트 선집

소설
『포기한 작업으로부터』, 윤원화 옮김
『발길질보다 따끔함』, 윤원화 옮김
『머피』, 이예원 옮김
『와트』, 박세형 옮김
『말론 죽다』, 임수현 옮김
『이름 붙일 수 없는 자』, 전승화 옮김
『그게 어떤지/영상』, 전승화 옮김
『죽은-머리들/소멸자/다시 끝내기 위하여 그리고 다른 실패작들』, 임수현 옮김
『동반자/잘 못 보이고 잘 못 말해진/최악을 향하여/떨림』, 임수현 옮김

시
『에코의 뼈들 그리고 다른 침전물들/호로스코프/시들, 풀피리 노래들』, 김예령
　　옮김

평론
『프루스트』, 유예진 옮김
『세계와 바지/장애의 화가들』, 김예령 옮김

계속됩니다.

사뮈엘 베케트 선집

사뮈엘 베케트
포기한 작업으로부터

윤원화 옮김

초판 1쇄 발행. 2019년 12월 22일

발행. 워크룸 프레스
편집. 김뉘연
표지 사진. EH(김경태)
제작. 세걸음

ISBN 979-11-89356-29-3 04800
978-89-94207-65-0 (세트)
15,000원

워크룸 프레스
출판 등록. 2007년 2월 9일
(제300-2007-31호)
03043 서울시 종로구
자하문로16길 4, 2층
전화. 02-6013-3246
팩스. 02-725-3248
메일. workroom@wkrm.kr
workroompress.kr
workroom.kr

이 도서의 국립중앙도서관
출판예정도서목록(CIP)은 서지정보유통
지원시스템(seoji.nl.go.kr)과
국가자료공동목록시스템(nl.go.kr/
kolisnet)에서 이용하실 수 있습니다.
CIP제어번호: CIP2019048466

옮긴이. 윤원화
시각 문화 연구자로 주로 동시대 서울의 전시 공간에서 보이는 것들에 관해 글을 쓴다.
저서 『1002번째 밤: 2010년대 서울의 미술들』(2016), 『문서는 시간을 재/생산할 수
있는가』(2017), 『그림 창문 거울: 미술 전시장의 사진들』(2018), 역서 『청취의 과거』(2010),
『광학적 미디어: 1999년 베를린 강의』(2011), 『기록시스템 1800 · 1900』(2015) 등이 있다.